根

以讀者爲其根本

莖

用生活來做支撐

葉

引發思考或功用

獲取效益或趣味

岳清清 著

# 獵愛

## 狂慾理想國

我的身體燃燒得可怕，快把我關進地窖裡讓八腳怪吞噬我，
用生了鏽的鐵棒打得我頭破血流，摘去我的舌頭讓我痛得無法叫喊，
挖掉我的雙眼讓我痛得無法哀嚎，切下指頭餵食藏在黑暗裡的蝙蝠，
不知道精神病院是不是願意收留我這樣聰明悲傷的女孩，
這樣的愛，真是絢爛而滑稽的凌遲……

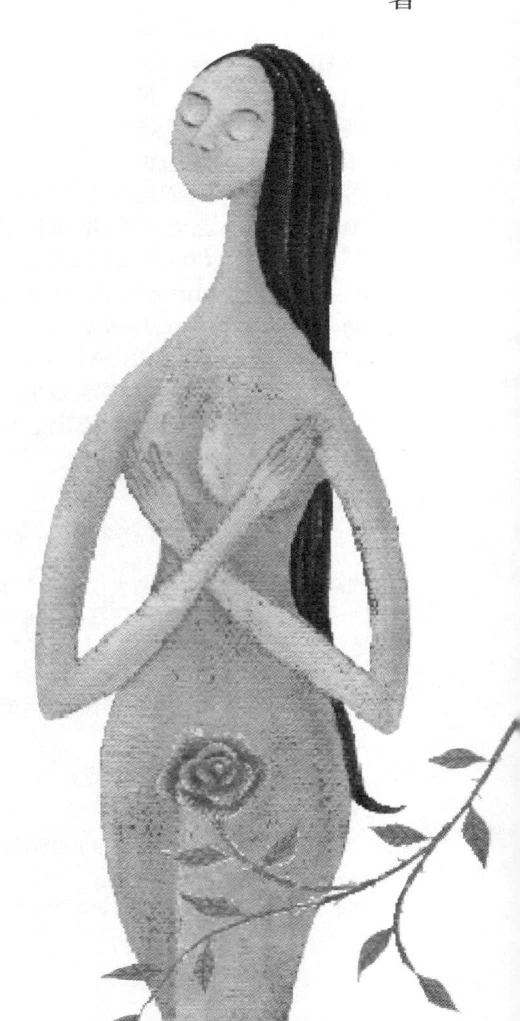

紫薇GRAPE MYRTLE

# 獵愛——狂慾理想國

作　　者：岳清清
出 版 社：葉子出版股份有限公司
發 行 人：宋宏智
企劃主編：鄭淑娟・林淑雯・陳裕升
媒體企劃：汪君瑜
活動企劃：洪崇耀
責任編輯：姚奉綺
文字編輯：瑪　笛
美術編輯：亞　菉
封面設計：亞　菉
插畫繪製：亞　菉
印　　務：黃志賢
專案行銷：張曜鐘・林欣穎・吳惠娟
地　　址：台北市新生南路三段88號7樓之3
電　　話：（02）23635748　傳真：（02）23660313
E-mail：service@ycrc.com.tw
網　　址：http://www.ycrc.com.tw
郵撥帳號：19735365　戶名：葉忠賢
印　　刷：鼎易印刷事業股份有限公司
法律顧問：北辰著作權事務所
初版一刷：2004年7月　定價：新台幣200元
I S B N：986-7609-29-8



總經銷：揚智文化事業股份有限公司
地址：台北市新生南路三段88號5樓之6
電話：（02）23660309　傳真：（02）23660310

獵愛：狂慾理想國 / 岳清清作. -- 初版. -- 臺北市：葉子, 2004 [民 93]
面；　公分. --（紫薇；5）
ISBN 986-7609-29-8（平裝）
857.7　　93008682

※本書如有缺頁、破損、裝訂錯誤，請寄回更換

作者介紹

# 岳清清

文大藝術研究所戲劇碩士，寫作過多部電視劇本，幽默、親切的個性相當受朋友的喜愛。從小接受舞蹈、音樂薰陶，卻夢想當個最美的外星人，因常有怪怪的想像力，最後卻以文字創作為其職業。曾做過舞蹈老師、戲劇老師、心理導師，著有《慾望．瘋城》一書。

常和上帝抗議、聰明、用大腦過生活的一個女人，六年級生的她創作時自我，工作時沒了我，因為從事編劇工作的關係。

處女座的性格令朋友又愛又恨，常有驚人之語，異性緣極佳，是一個有夢就會去追的人，現在的希望目標是創一所城堡小學，成為會使魔法又具魅力的女校長。

**學歷**

文化大學藝術研究所戲劇碩士

文化大學戲劇、電影雙修學士

台北市華岡藝術學校舞蹈科

**寫作經歷**

東森電視【寶斗里長】、八大電視網路劇【寶貝家庭】、台視兒童節目【123HA！】、大愛電視台【浮生】、大愛電視台【風中的蒲公英】、大愛電視台【讓愛傳出去】、武俠劇【仙湖奇緣】、華視偶像劇【麻辣鮮師】、台視【再見阿郎】、三立【烏來伯與十三姨】、中天【有影的故事】……等電視編劇作品。

**教授經歷**

金華國中、華岡藝校、台北市社區少年學園（中途學校）。

**書籍作品**

《慾望．瘋城》

**論文**

《創作性戲劇對國民中學中輟學生應用之研究》

**專長**

寫作、電影電視評論（常在外受邀演講）、舞蹈

**興趣**

看電影、聽音樂、逛街（購物狂）尤其喜歡買鞋子

**個性**

幽默、少一根筋、喜歡挑自己毛病，對週遭事物特敏感

**熱愛**

藝術創作、時尚流行

# 自序

我稱慾望是生命的靈，是身體運轉的驅動程式，瘋狂傲笑在地球的城市裡，貼切描述在這些故事中，任君玩味。這不是一本高道德的文學藏書，那樣假猩猩的文字寫作不是我的創作風格，更會貶低我的作品價值，這就是我的個性。從事電視編劇創作多年，編織多少好與不好的戲劇故事，都在收視率的框架裡遊走著，在那樣賺錢的規格下並不能找到真正的創作空間，更不能找出生命中最美好的詞彙，這就是本人既有興趣又無奈的編劇生活。



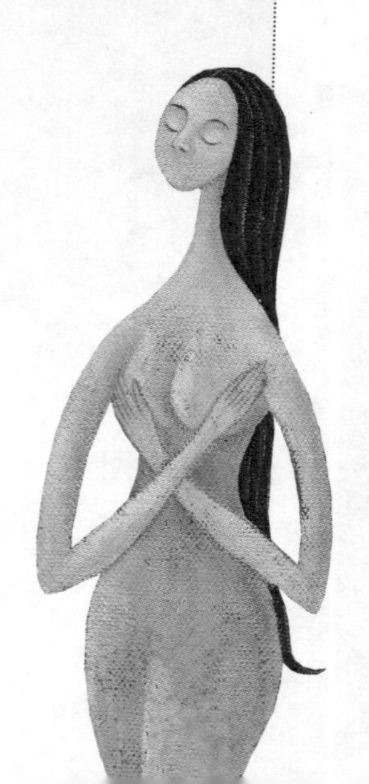

看過此書的人莫不以懷疑的眼質問著我：「說！這是不是妳的故事？」我卻笑笑的答非所問，唯有好友們才知道真正的秘密，是或不是，看過書的人自會去尋找答案。

書中描繪的男女們總是在放逐之後找到自我，回首一望卻已傷痕累累；城市中的霓虹邀約，讓人尋得逃避的藉口，仔細一觀卻是極致墮落。我不否認自己是一個多愁善感的女人，寫Sora這樣的角色的確有著自己的心情移轉，唯有愛過、痛過才知道理性往往會被感性給侵蝕殆盡！

我只能說「葉子」的美並不在於它那一身青綠的顏彩，而是美在它擁有掉落勇氣的瞬間！謝謝出版社這群文化勇士們對我的厚愛，讓我「瘋狂的文字」終於有跳脫的一天，或者說是你們喚醒了我心靈沉睡的文字。

【目次】

Exposing the pink flesh of her backside, there, between the orbs of her dimpled ass, lay a blushing rosebud begging to be plucked.

在那雙臀之間靜靜盛開一朵蓓蕾，嬌豔欲滴等待採擷……

——薩德（Marquis de Sade）



Who does not dream of indulging every spasm of lust, feeding each depraved hunger?

誰不想恣意馳騁性幻想，餵飽飢渴的慾望……

——薩德（Marquis de Sade）



紐約，交雜著死亡、性愛氣氛的夢幻環境，讓比爾醫生好奇的進入一場性愛派對，他看見許多在白天是正人君子的紳士們，黑夜則成了帶著面具露出縱慾狂歡本色的男人，他們在華麗詭譎的高級住宅裡，如野獸般的瘋狂交錯著，如不緊閉雙眼，思緒就會跟著墮落淪陷——真實與虛幻被拉扯著、被拉扯著……

——『大開眼戒』（Eyes wide Shut）

尋找憤怒的聲音——發狂的十二月天

【卷一】

# 克制不住的慾望

在羅浮宮一尊「垂死的奴隸」雕像前，
表現出米開朗基羅宿命論的生命凋萎的作品中，
看到的是一個身材健美的年輕男子，擺出挑動的姿態，
裸露的身體挑起你內心克制不住的慾望——

她使勁了力量敲著我的門，急急的電鈴聲催促我加快腳步去開門，到底是怎麼回事？凌晨兩點多的時間會有人來找我？我掀開了床單，套上一件外套走去門口，聽見她哭泣的喊著我的名字⋯我知道，事情終於發生了。我開了門，看到了她那哭腫的眼睛和發抖的身體，「我要跟他離婚⋯⋯」于真露出堅定的眼神望著我，她還是這麼決定了。在這樣的十二月天裡，陽明山的天氣還是濕冷的，于真穿得很單薄，也許在她和丈夫的爭吵時間裡，憤怒佔滿了她的思緒，已經讓她忘了多帶一件衣服直開著車從天母往山上而走吧！一杯熱咖啡也許讓她有些冷靜，她告訴我再也不想見到那個人了，是什麼原因讓于真這麼的憤怒？頓時間讓她愛情的甜蜜一掃而空，所有與她丈夫在一起的點滴過往就這樣流逝了，我真擔心于真接下來的生活該怎麼辦？她熬得過去嗎？「我已經決定了不會再走回頭路！」于真的確是一個說到做到的人，我相信她能夠熬得過去的。

顏國立，一個再也平凡不過的名字，他是于真的丈夫，也是我的大學同學，他和于真交往是在一場學生派對裡認識的，當時我也在場。兩人交往不到幾個月，在大四畢業那年就步入了禮堂，如今有此下場，真是充滿了戲劇性，諷刺的是顏國立還是戲劇系畢業的。他們兩人做事都講效率，辦離婚也在十二月份完成了。離了婚的顏國立，在第二天打了電話給我，我們約在天母的一家法式餐廳見面，那是同學們常聚會的老地點。看見國立還是那一副老樣子，一樣的帥氣，一樣的不知道自己是一個犯了錯的人，笑容是那樣自在、快樂的。

「怎麼樣？編劇的工作還順利吧？」他摘下了Armani的墨鏡說著。「製作人還算賞飯吃，不會刻意刁難我的本子，還算順利！」我邊拉椅子邊對國立說。才坐下沒多久，一杯藍山咖啡隨著長相清秀的工讀生飄香而來，國立總記得在這家餐廳裡我只會點藍山咖啡，他太細膩了，清楚我喜歡的事物、了解我最愛的食物，所以我們才會成為無話不說的好朋友，甚至在他結婚的前一晚還跑來找我，問我願不願意讓他娶于真，他真是一個現代瘋子。

他抽著「MILD SEVEN」的香煙，在Lights的字眼中，清楚的了解到焦油8毫克，尼古丁0.7毫克的比例分配是讓人有著心靈上的撫慰作用，因為它永遠代表比沒有Lights的煙盒字樣來得不那麼劇烈，至少有行政院衛生署警告：吸煙有害健康的標誌提醒著買煙者，這是一項很奇怪的舉動，我想我永遠也不會懂得政府的美意。

「我單身了！」國立無所謂的說著。他說他知道那天于真上陽明山去找我，因為在他的朋友當中，于真跟我最熟，也只有我才知道他們夫妻之間的問題。「都是我下半身不聽使喚惹得禍……」「你還好意思說！」我的語氣似乎有些不客氣。「沒辦法…只要有美女出現我就會招架不住，我是天生的性愛主義者！」國立說著他對自己性愛好的理由。「你為什麼要讓自己這麼的放縱呢？于真這麼愛你，你們結婚還不到兩年就離婚了……」「比我預期的時間還長呢！」我話還沒說完國立就回了我一句。「男人跟女人之間不應該只有性這種東西存在，應該還有『愛』維繫著存在的關係。」我對國立說著。國立認為我太高道德標準了，他有些取笑我的口氣看著我說：「當我碰到了女人的身體時，下體自然就會有反應了，你要我這個真正的男人怎麼做呢？」真是豬頭的一個男人！我懷疑我怎麼會跟這種人成為好朋友？他跟我說的話感覺像是半真半假，一種毀滅自己的語言，不裝飾的脫口而出。

「哈囉！國立、Sora！」輕快充滿活力的聲音從我腦後杓傳來，Amy，一個擁有魔鬼身材、天使臉蛋的女人，身高一百六十五公分，加上那雙不能再高的高跟鞋，已破了一百七十公分的界線，白皙的臉蛋讓那對鳳眼顯得更加迷人，今天她穿著火紅色的羊毛衣和黑色短裙亮相，她和穿上Boss黑色襯衫的國立站在一起，簡直就像布萊德比特和烏瑪舒曼在拍平面廣告那樣的吸引人的目光，我不曉得國立也有約她出來，雖然也是大學的同班同學，不過她不是那種我平常想打電話約出來聊天的人，所以在我的手機裡並沒有儲存她的電話號碼。「Amy，不曉得你要喝什麼?自己點吧！」國立拿著Menu遞給Amy，聽見國立這麼說，自己有些欣慰，起碼他會為我點上一杯咖啡。

三個人耗了一個下午在談論一些不著邊際的事情，不知道是不是因為Amy在的關係，我和國立並沒有把言論放在情感、私人的問題上，只和我們的Amy小姐說著流行的趨勢，從百貨公司一樓的化妝品專櫃談到五樓的男士用品區，Amy都能掌握每一個角落的物質精華，我漸漸地有點佩服這個女人，她說每次在她的SK2專櫃看人們總是一種樂趣，因為她可以識破來百貨公司各階層的人物，從衣著、口紅到香水味，她能分辨誰是真正的物質享樂者，而誰又是虛有其表的精神參予者，穿著較高級的衣服逛街，大多時間都只在『欣賞』的階段而不掏腰包的人們總是佔了多數，而這些人並不是沒有錢，他們已經習慣讓自己沉浸於心理滿足的層次裡，我相信在Amy的身上一定有許多故事，而她並沒有浪費父母所給的學費，在戲劇系所修的心理學課程上，她勢必是一個學以致用的人，從她自信的笑容裡，我開始對她有了友善的感覺。

下午五點多的時間，Amy的男朋友打了電話給她，告訴她車子已經開在離餐廳最近的一個巷子口了，於是Amy補了口紅穿上大衣和我們道別了。我和國立待到差不多六點多的時間，兩人也離開了那家餐廳。他開車載我回山上，但他卻選擇往中山北路行去，他好像不太喜歡走後山，從學生時代到現在依舊如此，寧可選擇繞一圈到士林的中正路口轉到陽明山的方向，朝著仰德大道的路面開去。

「夜晚的燈光總是閃爍個不停…」國立有些感嘆的口吻說著。「所以呢？」我問他。國立回答我：「那很容易讓人迷失方向……」他輕笑了一聲又繼續說著。「我是一個很容易受到影響的人，在這個慾望城市裡，放縱的思維一直拉扯著我的身體，就像莎士比亞筆下的馬克白一樣，如果不是慾望的驅使，他怎麼會讓他的妻子和森林的女巫所擺佈呢？」雖然他比喻得很好，但我還是覺得那是他的藉口，他告訴我，當他侵占了女人的私處時，是他慾望解放的開始，透過底部濕潤的魅惑，讓男人的身體縱情的節奏擺動，使那等待時機的液體隨著心臟跳動的加速感，直向子宮的窗口奔馳而去，在那短暫的幾秒潰堤裡，被他心理克制不住的慾望成功的駕馭。他那淋漓盡致的描寫，騷動著我的整個思緒，這何嘗不是一種誘惑？一個才從昨天躍回單身俱樂部的美男子，深邃的眼神和迷死人的笑容，壞男人的潛在基因腐蝕在他的完美軀殼裡，任何女人都容易克制不住對他的情感交流，就算他擁有一個再也平凡不過的名字。

【卷二】

# 兩張床，一男一女

## 寂寞的夜——沉醉的戀

人們在選擇伴侶的時候能不能像選衣服一樣那麼簡單，為什麼會顧慮那麼多？為什麼呢？

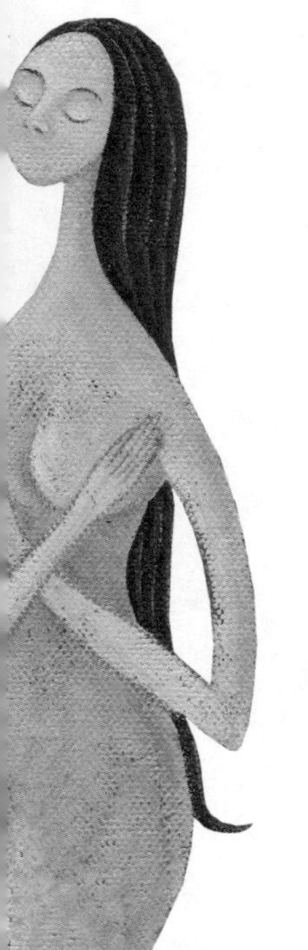

「陪陪我好嗎？」送我回到住處的國立，卻在我準備下車的前一秒止住了我回家的腳步。我真搞不懂他，剛剛在車上還說得很瀟灑，怎麼現在說話的口氣有種沮喪感呢？哪一個才是他的真面目，……「想去哪裡？」我問著他。「我們去喝咖啡，去海邊喝咖啡。」他衝我笑著，無法拒絕的笑容使我又上了車，上了車後任由著他載我到了一家海邊民宿的咖啡館。「我想喝冰咖啡。」我對國立說著，「這麼冷，喝熱的吧！」他自做主張的點了兩杯熱咖啡，再配了一杯柳橙汁給我，他告訴我這是最近流行的喝法，會讓女人變得更美的，「胡扯！我才不相信你咧。」我笑了出來，知道那是他調皮的玩笑話。「沒想到你這位花花公子也會鬧情緒。」「你怎麼知道我花？認識我幾年了，你看我交過幾個女朋友？我只是跟你說我很容易被影響，很難不被美女的魅力吸引，但我也是有腦子的人，有時候我的話只是隨口說說而已，我還是會用我的理智去克制的！」國立不太承認他的花心，「我怎麼知道你交過幾個女朋友，反正你的身邊不缺女人就是了。」我說完這句話讓國立笑得很大聲，那種笑法一點都看不出來他心情不好，「妳真的很可愛！」「這是褒還是貶啊？」我問國立。「這當然是好話啦！在我身邊的女人沒有一個敢像你這樣對我說話的，他們對我可溫柔的呢，講白了就是裝模作樣。」國立眨了眼睛笑著說。「你怎麼這樣說女生啊，女生會對你溫柔也是因為喜歡你想討你歡心才會這麼做的啊！」國立盯著我看俏皮的問著我，「是嗎?那你也喜歡我，為什麼不會這樣對我呢?」「你別那麼不正經好不好！」我糾正著國立。「別生氣嘛Sora，我知道妳是關心我，不過我真的沒有在鬧情緒，離了婚反而自在舒服！」「我還以為你心情不好才陪你喝咖啡的，既然沒事那我就回家好了。」我應著國立，「我想找你喝咖啡沒有任何理由，難道我的好朋友不能陪我嗎？一定要有理由的話，你就當做是我心情不好吧……」國立說得的確沒錯，有時候跟他做一些事情真的不需要理由，朋友間就是這樣，湊在一起，愛聊什麼就聊什麼，無拘束的，多好！

「我是你的好朋友，既然是好朋友，我就要提醒你做個丈夫該有的責任！」

「我的姑奶奶啊你又要跟我說教啊！」國立把葡萄塞進我的嘴裡，「嗯……我在說話耶……」我嚼著葡萄不能言的，讓國立樂得笑出眼淚，「我覺得你很喜歡鬧我耶顏國立！」我用紙巾擦了嘴，喝了口柳橙汁。「我還是要講！你們這些男生，老把自由掛在嘴邊的，你知不知道這樣很缺德耶！于真在你身上花了多少心思，為什麼你就不能老實安分點呢？」「我是想安分啊，不過不是在于真的身上安分……」國立似乎沒有把話給說完，他幽幽眼神又看著海，點起一根煙，慵懶著靠在椅子上，「你剛剛那是什麼意思啊？如果不想跟于真有結果，為什麼要跟她結婚呢？」「很多事情講白了就沒意思了，反正現在事實就是我跟她玩完了，就這麼回事，如果我不愛她還繼續耗著，對于真來講也是一種傷害，到不如有個了斷，也各自擁有自己新的人生。」我真的對國立沒話可訓了，我要講的話他都知道，他的眼裡沒有虛偽，對我來說是一個很誠懇的朋友，誠懇的朋友在世界上有一個就已足夠了，正因為如此重視他這個朋友，我好希望他能幸福的活著，快樂的活著，不要他常因為有心事就跑到海邊，多少年了，只要他心裡有事就會想到海邊來，也許這是讓他可以靜一靜的地方，也許這是讓他可以思考的地方，也許他喜歡聽海風的聲音。

「我過去一下。」「喔。」國立到櫃檯去找民宿的老闆，他姓陳，個兒不高，喜歡蒐集古董的火柴盒，滿民宿屋子裡都可尋見各樣式的火柴盒子，這裡的裝潢很義大利，顏色以橘、紅、黃為主。國立跟陳老闆說了幾話後，老闆笑著跟他點頭，沒多久的時間國立就回到位子上來找我，「老闆說還有房間，今天住這裡吧！」「不好吧，我什麼都沒帶耶……」「妳能不能別過得那麼辛苦啊，隨興一點嘛，我車上有妳的衣服，待會兒再拿給妳。」我不敢相信的問著國立，「我衣服什麼時候在你車上啊？」國立笑而不答，他真的變了魔法，從車子後頭拎了個袋子，好像早有準備似的，原以為是于真的衣服，後來發現那是我的Size，金色的絲質睡衣，料子摸起來很舒服，綁有蝴蝶結的衣服盒子裡，有一件高領毛衣，是白色的，配上鐵灰色的過膝窄裙，搭上染了灰色的羊毛披巾，再加上一雙黑色的高筒靴子，他就像是我的造型師。「你什麼時候準備的？」我去法國的時候買的，「那不是上個月的事情嗎？」我問著國立，「原本打算妳生日的時候再送給妳，現在給也一樣。」國立問我喜不喜歡，我能說什麼，說不喜歡是騙人的，說高興…是有那麼一點，這表示他心裡還有我這個朋友，只是我不懂他看起來是一個什麼都不在乎的男人，怎麼連我的腳的大小尺寸都那麼清楚，難道他光是用眼睛瞄就知道嗎？還是他問了別人，唉……他能問誰呢？我能有多少朋友，好像就國立一個吧。

民宿的房間的確弄得很溫馨，陽台上可以看到大海，一點點的星光也挺美的，「喂……我們兩個就睡一個房間啊？」「不然呢？」我一聽國立的回答就立刻從沙發上站了起來，「沒關係吧，這裡有兩張床有什麼好怕的？妳這個女人就是太容易大驚小怪的，難怪到現在還沒有男朋友。」「我有沒有男朋友跟我們討論睡覺的話題有什麼關係啊？」國立又要點煙了，我制止了他，我告訴他要跟我共處一室很簡單，就是不能在房裡抽煙，他總算是開竅了，他把香菸給收了丟在桌上，從櫃子裡拿了瓶酒倒在兩個不講究的玻璃杯上，「你對這裡怎麼那麼熟啊？」「我來過啊。」國立遞了酒給我，「喝一點酒好睡覺。」我看著酒杯猶豫著，再看看國立，我並不是不相信他，而是我怕我喝了酒會胡言亂語，我知道我是不勝酒力的。不過我還是跟著國立喝了。「妳好幾天沒睡好了吧？」我是好幾天沒睡好，有時候是因為寫稿子，腦子不停的轉，到睡覺的時間還是無法休息，有時候是因為不快樂……所以也沒辦法睡好，國立只要一看我的臉色他就知道了，「老愛亂想怎麼會睡得好呢？跟我在一起妳可以什麼都不要想，看看海、吹吹海風，會讓妳比較輕鬆的。」「謝謝你國立。」國立一定覺得我很奇怪，「不要謝我，我就說我沒在鬧情緒妳不信，是我看妳悶悶的才想要找妳來海邊透透氣。」和國立在一起真的很舒服，有種妥當、安穩的感覺，不會害怕，不會一個人。

喝著酒，我們倆就坐在陽台邊的藤椅上看著外面的星星，「國立，一個人如果害怕寂寞該怎麼辦？」我昏昏沉沉的靠在國立的肩上問著他，「一個人害怕寂寞的時候該怎麼辦？」國立也問著我，我不知道，他也不知道，我們兩個都在找著答案，我相信在這世界上一定有很多人在不同的地方問著同樣的問題，可是這樣的答案要找得精準並不容易，國立說他以為找一個人跟他一起生活就不會寂寞了，沒想到是恰恰相反，反而讓他接收到更強烈的寂寞感，這真的很奇怪；而我就不一樣了，我因為害怕寂寞，卻也不敢胡亂找一個人來陪伴，也許我正喜歡這樣沉醉孤獨的感覺，也許是一種對自我的麻痺虐待，說起來是挺諷刺的。

我不知道國立醒了多久，也不知道他看了我多久，他躺在床上側著身子對我笑著：「要妳睡個好覺，也沒叫妳睡這麼晚啊。」睡得真的很踏實，雖然我沒跟國立這麼說，但我的的確確睡得很好。「琳，妳穿金色睡衣還滿好看的。」「那是你的眼光好，挑到適合我的顏色。」我也側著身體看著國立對他說著話。

兩張床，一男一女，我們到底在想什麼？人們在選擇伴侶的時候能不能像選衣服一樣那麼簡單，為什麼會顧慮那麼多？為什麼呢？

灑脫的情——假想的敵

【卷三】

# 天真男人的笑容

男人，眼尾的皺紋加上大笑的表情，真情流露的眼眶有水水的淚，很好看；
男人，抽煙時嘴裡的煙氣緩緩的飄出，搖頭說話自在的神韻，很舒服；
他說笑話逗妳笑，帶妳看醫生，為妳煮杯香醇咖啡，
但這樣貼心的男人，陷在愛裡時，也一樣自私無情。

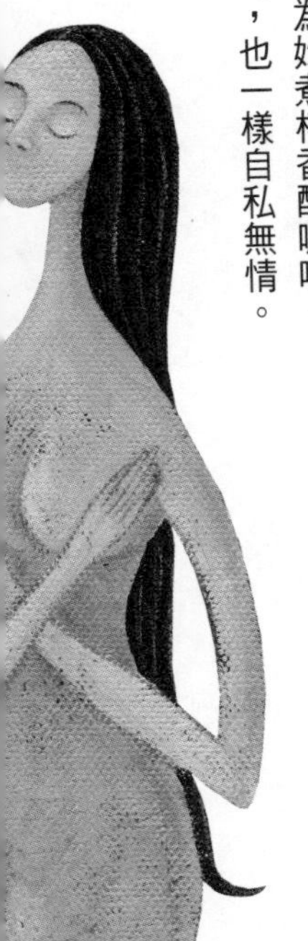

清晨，玻璃窗外有霧氣，我在陽明山上渴望著下雪的奇蹟，正如我內心渴望愛情的奇蹟發生般，數算的機率要加上運氣，灑脫的愁緒摻雜著一絲絲等待的樂趣，可遇而不可求。

手指按著鍵盤，想要寫出動人的愛情故事，怎麼？等了半會兒，靈感一直不浮現，腦子還在回憶昨夜和國立在一起的情景。我是多愁…多疑還是多慮？人總是會有煩惱，也在找尋消除煩惱的方式，卻無程式可依歸，而編劇的腦子卻要不停的吸收煩惱，想也怪異。這樣的職業會讓人提早入土，墓碑要刻上『消耗腦細胞的英勇戰士』，真是。

是霧氣的幻影嗎？樓下好像站了一個人，用手擦了擦玻璃的霧朦，我看見于真倉慌的眼望著玻璃窗內的我，我趕緊推開窗子叫著她：「于真…這麼冷，趕快上來！」我讓于真上了樓，加強空調的暖，再次給了她一杯熱咖啡。「妳一天都喝幾杯咖啡啊？」于真蓋著被子窩坐在沙發上問著我。「好幾杯…沒去數……」我笑著對她說。「你們都很愛喝咖啡……」我不曉得于真為什麼這麼說？「你指得是我跟國立嗎？」「嗯，以前每次我們三個人一起出去的時候，都看你們點藍山，原本我是不喝咖啡的，為了跟國立有一樣的嗜好，所以才學著喝的。」為什麼于真要那麼勉強呢？「于真，妳不該逼自己去喜歡上不喜歡做的事，那樣不是很難過嗎？」「對啊，我現在也才懂這個意思，就像我不該逼國立喜歡我一樣，他看起來的確很難過。」我說的話是不是傷了她？「于真……我不是這個意思……」「我知道，跟我比，妳的確是比我善良，不會故意說這種話的。」于真今天好奇怪，所說的話有種針對我的感覺，也許是因為和國立剛離了婚，心中有許多不滿，說話才會句句帶刺，但這讓我有點心疼她，好希望能為她做點什麼。

「妳昨天跟國立在一起嗎？」「嗯？」于真的眼睛睜的很大，質問的感覺很強烈。「對……」我輕輕的說出，喝了口咖啡，有點心虛。「我只是猜一猜，又猜中了。」「于真，妳是不是誤會我啊？我跟國立出去吃點東西，除了我之外還有Amy……之後我們去……」天啊，我該怎麼跟她解釋啊。「Sora……沒關係的，國立跟我已經離婚了，他愛做什麼那是他的事，跟我無關，我只是隨便問問的。」是這樣嗎？于真的樣子不像是隨便問問的。「妳幾點來的啊？天氣這麼冷，怎麼不直接上來？」「剛到…在猶豫要不要上來。其實找妳也沒什麼事，只是想跟妳聊聊。」一種落寞的神情在于真的臉上，潛潛好像要傳遞某些訊息給周邊的人，那種感染力會不知不覺的滲入在妳的感受當中。「我不知道怎麼會變成這樣……我這麼愛國立，他為什麼要跟那個女人在一起？Sora妳知道嗎？我原本以為待在國立的身邊就可以永遠愛他，就算他不愛我，我想在日久生情之下，他會慢慢的愛上我，可是我錯了，真的錯了……」于真落下了淚，繼續說著：「我哪一點不滿足他？我又不醜……多少人在追我難道他會不知道嗎？我要他跟我結婚的時候他總是不在乎的樣子……他說隨便…那種話真的很傷人……」于真有點語無倫次了，她心理可能有很多話要說，可是都不成句，都是問號？我好想問問國立，為什麼一個好好的女人跟了他之後會變成這個樣子？于真太可憐了。

「Sora，要妳是我，妳該怎麼辦？難道妳不會有喜歡的人嗎？」「我？我也不知道耶……要是我，我會很痛苦吧……」我試著去揣測于真現在的感覺，「對，就是痛苦，可是我以為國立會後悔，沒想到他簽字的時候簽得毫不顧慮，他……他為什麼那麼討厭我，一副好想趕快離開我的樣子……」「于真，國立不是這種人！」我無意間冒出為國立抗議的一句話，突然間，于真不解的看著我，「我是說……國立應該也很難過，他是個男人，比較不會把感覺直接表現出來。」我又跑去倒了杯咖啡，這時手機響起來了，正好讓我可以閃躲這尷尬的氣氛。我將咖啡杯放下，接起電話，「喂……」「美女是我！」是國立打來的，這兩個人還真不巧，更讓我尷尬不已，「喔……我待會兒再打給你，我現在在忙。」我匆忙的掛掉國立的電話，希望于真敏感的個性別再胡亂猜想了。「是妳製作人嗎？」于真問我，「對，打來催稿的。」「我要回家了！對不起，一大早就來煩妳。」「妳要不要再坐一下？」我問著于真。「不用了，Sora，謝謝妳聽我說話。我想讓自己冷靜一陣子，有空再聊吧。」「好，開車小心。」送走了于真，我鬆了口氣。

叮咚……是于真忘了帶什麼？打開門，國立微笑的站在門口。「真是夠了！」我對國立說著。「你這樣會害了我耶。」「我是好心給妳帶早餐來怎麼說害妳啊！」國立將速食店的早餐放在桌上。「謝啦，你前妻在幾分鐘前才走的，你們還真會算時間。」我打開國立拿來的早餐，吃著三明治對他說著：「今天原本要好好把第七集給寫完的，現在連一個標點符號都沒辦法放上去了。」「那好，陪我出去玩。」國立吃著三明治說。「大少爺，你不用去店裡忙了嗎？不行，外面好冷，不想出去。」「那妳讓我待在這裡，我不吵妳可以嗎？」

國立擦著嘴問我。他有時候看起來很天真，捨不得罵他，有時候看起來很不負責任，卻也不忍責怪他，國立的個性是很單純的，為什麼于真跟他的相處會有那麼大的問題呢？

「琳……跟我一起出國好不好？」「為什麼？出國……去哪裡？」我問國立。「我想要去一個地方找答案，而且有個伴也好。」「找答案？你是要去看什麼古蹟嗎？還是要去考古？」國立又在笑我，「對，我是要去考古。……算了，以後再跟妳聊這件事，不過我想要問妳下禮拜過耶誕節的事。」「不要啦，我不想去參加派對啦。」我知道國立心理在想什麼。「小姐，這是第幾年啦，每一次都不賞臉，如果妳今年肯去，我從今後不再勉強妳做任何事情。」「你保證！」「我保證。」國立舉起手來認真的看著我，那個表情真的很好笑。

妳怎麼去看一個男人的笑容？有時候眼尾的皺紋加上大笑的表情，真情流露的眼眶有水水的淚，很好看；妳怎麼去看一個男人抽煙時的神情？嘴裡的煙氣緩緩的飄出，搖頭說話自在的神韻，好舒服。妳怎麼去看一個男人伸懶腰打哈欠的樣子？不假飾的躺在沙發上盯著天花板看，唸著妳的光線不夠，寫作時對眼睛不好……。妳怎麼去看一個光著腳丫子的男人，評斷著妳家的拖鞋太小，不尊重男客人來訪時沒有鞋穿的情形？他會說笑話逗妳笑，生病時會帶妳去看醫生，總讓妳察覺到他的貼心，會為妳煮上一杯香醇的咖啡，知道妳的需要，這樣的男人怎麼會是于真口裡自私無情的人呢？

【卷四】

# 詭異的聖誕夜

## 蒼老的神父——竄行黑夜的吸血鬼魅

在法國路易十六時期，女性裸體像大增，
在烏東（Jean-Antoine Houdon）作品雕像「黛安娜」柔滑裸體的自然表現裡，
手持弓箭眼神巡視著遠方，有著尋找一種獵物的飢渴，
好似竄行於黑夜的吸血鬼魅……

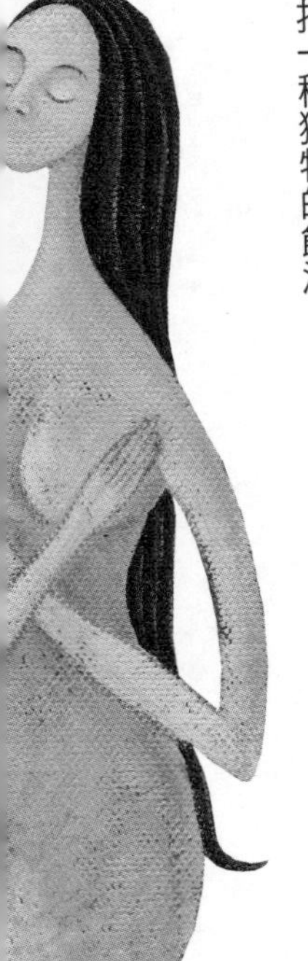

LANCOME的睫毛刷在我長而翹的睫毛上有了附著的理由，很少化濃妝的我今天要在耶穌降生伯立恆的重大日子裡表現出一種慶祝的誠意。再過十分鐘國立就會來到我的公寓樓下按喇叭，準時是他唯一的優點。我想Joe Peige的黑色馬靴在適合不過我這身高不可攀的黑色套裝吧！鏡子裡的貴婦模樣永遠有著一雙猜忌別人的大眼睛，濕潤淡粉的唇色應該可以在今晚留住許多男人看我的眼光。牆上可疑的七點整，沒有國立存在於公寓樓下的跡象，我遲疑的看了手機裡的時間，看看是否對準了「生活工場」裡所買的掛鐘？一秒不差。我開始有著一般編劇家的想像空間，編織著國立現在有可能發生了什麼事情？難道在不安寧的仰德大道上又添上了一樁事故的歷史？或是他深愛的白色BMW染上了其他的顏彩，此刻的他正努力的和保養廠的師傅們談論著他的寶貝所受到的傷害……刺耳的電鈴聲瞬間傳入我的腦子裡，打斷了我的編劇思路；開門一看，一個長不大的孩子戴著歌劇魅影的面具出現在我的眼前，牆上的時間掛著七點

零五分，是啊，他停好了車子、坐上電梯、走十六步到達我的門口所需的時間剛好五分鐘，沒錯，面具底下的臉孔應該是顏國立。

摘下了面具，他帶有邪氣的微笑看這我，「妳今天很漂亮！」，我忍不住的笑了出來「謝謝……」，國立懷疑著我的笑聲是否暗藏著什麼？天啊，誰能想像他穿著黑色西裝戴上面具在保養廠和師傅做口水搏鬥的樣子呢？一切純屬想像。

「為什麼今天會上來接我？不是說好在樓下等的嗎？」我在車上問了國立。「因為今天是你第一次答應來我家作客，所以我當然要表現出誠意啊！」一副不正經的回答，我接受。車子經過大葉高島屋面前時我要國立停了下來，那是一棟金錢與物質頻繁交易的百貨大樓，日本人已經戰勝了台北的重要商圈，哪裡都有他們賺取利益的影子。我要國立在車上等一下，我下了車朝正門右邊的第二個櫥窗走去，櫥窗裡是佈滿了綠葉的伊甸園，亞當在夏娃的旁邊撫摸著她的髮絲，沒有任何產品在展示，只是一個意念的表現，在飄著絲雨的聖誕夜，襯著孩童們所唱的平安夜曲聲中，我感到了孤寂……不知道這個櫥窗的設計者在想什麼？自從我在上個月看到他專心工作的樣子後，他的形象一直存在我的腦海裡，也許今天只是想碰碰運氣，看看這個櫥窗的設計者是否還在忙碌？

停留了兩分鐘，回頭走向國立，卻看到一個像大二學生那樣年紀的女孩靠在駕駛座的窗口邊和國立談笑著，女孩微笑朝我看了一眼後離去，我也禮貌的點了頭。「你是不是該有一點良心啊！那個女孩成年了沒啊？」我關上了車門對國立說著。「吃醋啦？」他邊開著車邊笑著說。「我對你這個情聖沒興趣又怎麼會吃醋啊？」，我拿了他後座的面具戴上。「他是我咖啡廳打工的小女生，別想太多好不好！對了，妳站在櫥窗面前做什麼？」沒想到國立對我的舉止也會有好奇的時候，我告訴他我在找創作的靈感，他是個腦筋不會轉彎的人，說了他也就信了。

車子在開了十多分鐘後，到了國立的單身別墅，在天母這樣高地價的區域裡，擁有一塊不大的前院草地也該花下國立父母不少的鈔票，這棟兩百多坪的高雅建築裡，米色的肅靜牆岩完全看不到有錢人的那股庸俗氣息，沒有過多修飾的天花板及大理石雕花，更沒有會與主人發生關係的女傭以及無聊透頂的管家，二十一世紀的前衛美學設計不留痕跡的點綴在國立家中不起眼的角落裡，有一點藝術修養的人都會發現這樣的美感。

國立牽著我的手沿著長梯走向二樓，在接近二樓階梯間，我隱約聽見了音樂聲和男男女女的歡笑聲，我不解的看著國立，國立還是用那一貫帶有邪氣的笑容看著我，在二樓的大廳裡，週邊總共有四道門，這屋子絕對不只有兩百坪的估計，在那第二道門的後面，我感覺到有一場性愛派對正要上演，我必須要制止我此刻的想法，國立在我的頭上為我套上奇怪的兔耳朵，我沒有注意他什麼時候拿在手上的，也許我纖細的右手在他溫熱的左手裡，攫走我所有理性的意識，才讓我漠視了那雙耳朵，而他自己則戴上那神秘感的黑暗面具，使我更覺得自己很像仲夏夜之夢的那頭驢子，真是又蠢又笨，一點都配不上身邊的這位男主角。

第二道門一打開，一場化妝派對正慶祝著平安夜裡的不寧靜，福華飯店裡的各道小菜與雞尾酒淹沒著我原有的食慾；眾人的歡笑聲、對著國立的呼喊聲以及音響裡的管絃樂讓我開始有點迷亂。「Sora！」那是Amy的聲音，看到了唯一的熟人給了我一點還算不壞的安全感。Amy穿著吸血鬼的裝扮，像血一樣火紅的嘴唇好像她已經飽餐一頓了，今天她的身邊多了一位不起眼的老頭子穿著神父裝正和她一起向我走來，此時的國立已經不知在什麼時間裡從我身邊離開，到對岸與幾個女人吃著小餅乾、喝著雞尾酒……「Sora，這是我的男朋友江董。」Amy的介紹讓我有些吃驚，「親愛的，這是我大學的同學Sora，是第一名的資優生喔！」Amy向他的老男友介紹著我。「你們班的女生都長的這麼漂亮嗎？」神父發出那噁心低沉的聲音對Amy說著，Amy撒嬌的支開神父，帶著我走向陽台。

「我不知道妳也會來這種場合？」Amy抽起YSL的薄荷香煙問著我，「答應了國立了，沒辦法……」我帶些無奈的口氣回答了Amy的疑問。未等我開口，Amy告訴我他和江董的關係，江董是台北一家證券公司的負責人，在外面養了五個情婦，是個有錢又有心機的生意人，在那臃腫六十多歲的老邁身體下，他如何可以滿足五個不同的情婦所需？我真的不敢相信江董的床上功力，並且懷疑著現在市面上壯陽藥物的產品所帶來的危機，有可能會讓許多老人透支虛脫死在床上，這樣的老人人權有可能增添不同的爭議性話題。

凌晨四點多的時間，人潮散去，我坐在沙發上試著沉澱我的心靈。第一道門裡的淫蕩聲已經穿出厚實的牆，神父正讓吸血鬼魅奪取他蒼老的靈魂，那身皺皮在白皙的皮膚上肆無忌憚的蹂躪著，我的耳朵有了痛苦的感覺，我無力的走向音響，轉動著莫札特的音樂，越來越大聲…大聲的讓費加洛婚禮的第一幕劇情襲捲我的全身，蘇珊娜要手持著尺，四處丈量的費加洛停下工作讚美她，那是一個女人對男人的極小要求，最後費加洛屈服了…國立算對時間將有所醉意差點跌倒的我扶靠在他的胸口，他鼻裡所吐出的氣息是那樣的好聞，胸口是那樣的溫暖。

•

一覺醒來我已躺在國立的床上了，頭有點痛，右手被身體壓得有點麻，現在的我絕對清醒，身上的衣服除了有些皺痕外，沒有任何國立和我做愛的破綻，我確定昨天果真是個平安夜，百分之百跟睡在地板上像個小天使的國立還是沒有跨越愛情界線的好朋友。Amy開了門微笑的看著我，跟我展示昨天的勝利品，一顆閃亮的一克拉鑽戒在她的中指間擺飾著。

【卷五】

# 一起過的聖誕節！

他的一根菸抽得只剩半截，我很留意他看我的眼神，
每一次我都是靠著他看我時的眼神來讀他心裡的想法，
百分之九十都是準確的……

現代情人——給了你幸福的那個人

所有人都走了，國立還在樓上睡覺，看著這麼大的空間，要換做我一個人住，肯定是會害怕。「妳在發什麼呆啊？」國立從樓上走下來，他換了衣服，看起來很清爽，像是洗過澡了，眼睛明亮，精神看起來也不錯。「你平常都一個人在家嗎？」我問，「嗯。」國立點點頭走向我，我發現站在他們家的落地窗旁，可以看到我住的陽明山，綠色可以讓人鎮定，我很喜歡這個位置，「哇，今天天氣不是很好唷，外面在下著小雨呢？」國立拿了一杯果汁給我看著玻璃窗外的天氣說著，「說真的，你一個人住在這裡不會害怕嗎？」「當然會啦！」國立真的好好笑，我還以為他會跟我說不會，沒想到那麼誠實，「那怕的時候怎麼辦啊？」我在靠著落地窗旁的沙發上坐了下來，國立點了根煙坐在我旁邊跟我說著：「怕的時候就打電話給我們偉大的編劇！」「真是的。」我對他笑著。

「有沒有可能到國外去跟你們家人一起住呢？」「不會，因為我不想。」國立吐著煙，「這樣啊，還好有我這個朋友，否則你一定很孤獨！」我故意說得驕傲看著國立的表情，「謝謝你的陪伴，我很榮幸！」「說的跟真的一樣，你的朋友這麼多，昨天簡直是出乎我的意料，竟然來了這麼多人……」我說，「這是最後一次啦，我只是帶你見識場面而已，以後不會再讓他們來了，而且他們又不是真心要跟我交朋友的，沒意思。」國立說完將果汁一口氣喝完，「喝慢點，小心嗆到。」「對了，我介紹個朋友給你認識好不好？」「什麼時候？」我問國立，「等一下。」「不行啦，我身上的衣服都還沒換耶……我得回山上一趟。」我搖搖頭，「我都給妳準備了。」國立又來了，他從旁邊的一個櫃子裡拿出一個禮盒，「聖誕快樂！」他笑著，「你又送我衣服啦。」「我喜歡看妳穿的漂漂亮亮的。」國立顯得很開心，我覺得自己很像是他的芭比娃娃，老喜歡從我的衣著上做文章，我記得小時後父親送給我的芭比娃娃，那是穿著新娘禮服的裝扮，記得是那樣的，我還把芭比的新娘禮服脫去，換上了另一件洋裝，和其他鄰居的同伴們一起找了許多娃娃辦派對，那是女孩們最愛玩的家家酒遊戲了。「對了！」其實我也有幫國立準備聖誕禮物，我從包包拿出一張CD給國立，「給你！」「這是什麼？」國立問我，「禮物！」國立微笑看著我，「這張CD裡面有什麼？」「你猜！」「我不猜，我聽了就知道。」國立站了起來將CD放進音響裡，我走過去阻止他，「我回去後再放。」我跟國立要求著，「好吧。」國立點頭。

我梳洗好換上了國立送我的衣服，兔毛的質感很好，而且是白色的，這樣的上半身搭配牛仔褲顯得比較年輕。「那張CD聽了可別笑我喔！」「怎麼啦？有妳的聲音嗎？所以要我別笑妳。」國立邊開著車邊問我，「好啦，我跟你說啦，裡面有五首鋼琴的曲子，我彈的，因為我不是很專業……」「謝謝。」國立很快接了話，「這是我今年收到最好的禮物，果然被我料中這個女人很愛慕我，所以才會花心思的去錄音室製作這張CD。」「顏國立……」我朝他大腿上拍了一下要他別那麼自以為是，他笑得很大聲，覺得看我皺眉否認氣得跺腳的樣子他會很開心。

今天是聖誕節，街道的氣氛很熱鬧，隨處都可聽到熟悉的聖誕歌曲，要問我喜歡什麼節日，我想是聖誕節吧。……不是情人節，『情人節』的字面上有刻意限制的感覺，如果是年節，又得要吃團圓飯好像才對得起自己，而過聖誕節……起碼耶穌不會給你壓力，你愛跟誰過就跟誰過，只要記得前一夜他誕生在馬槽裡就行了。「我們先去吃飯好了！」「好啊！」不知道為什麼？心裡好開心，是因為聖誕節的關係，還是因為有國立陪著呢？我們把車子停在停車場後，就沿著街道走著、逛著，在高級的西餐廳外，有穿著聖誕裝打扮成聖誕老公公的老外在發糖果，國立俏皮的拉著我去跟聖誕老公公要糖果，這時候的我覺得無所謂，何不一試呢？糖果是要到了，可是卻被聖誕老人給抱起來轉著，我向國立喊救命，國立故意跟聖誕老人逗著嘴，似乎兩人玩了起來，鬧了半天才甘願放我下來，進西餐廳之前還得戴著聖誕老人發的聖誕帽，國立戴起來很可愛，我也不差，之後進了餐廳看見每個人頭上都頂著聖誕帽，整間餐廳像是成了紅色森林般模樣，真有趣。

他們給了我們窗邊的位子，可以看得到往來的人。我們點了兩份的耶誕大餐和烤馬鈴薯，真的好開心。「去年這個時候，我記得我們去渡假小木屋過的吧！」我問國立，「沒錯，還泡溫泉呢！」國立喝著紅酒說，「我們好像連續六年一起過節吧？」我問，「是啊，我可是都把這天給空下來啊。」國立回答我，也不知道是不是巧合？于真去年好像在國外，我記得國立是這樣跟我說的。

我環視著四周，才中午的時間，這裡的客人已經坐滿了整個空間，要是我們晚一點來，可能沒有位子可以給我們了吧。「為什麼今天會這麼多人啊？聖誕節不是沒有放假嗎？」我問國立，國立將圍巾拿下對我說，「雖然不是國定假日，可是現在的上班族都會給自己偷閒的放假時間，他們頂多能混到兩點，兩點過後大家回到崗位上工作，這裡就會馬上淨空了！」國立點著煙，「當個打卡的上班族還真是不自由，以我的個性也不可能去做個Office Lady，真的不容易，更別說是當個女強人了，真是佩服那些出來爭取社會地位的女人，不知道他們怎麼做到的？」「我相信妳也可以，只是妳不喜歡而已，不喜歡做的事妳是不會做的。」

國立對我挺有信心的，「你這麼高估我啊？」我笑著，「妳很聰明，我一向都這麼覺得，不過聰明的人有時候會自己誤導自己。」「誤導自己？我沒事誤導自己做什麼？舉個例子我聽聽。」我拿起水杯喝，「嗯……用逃避來誤導自己，以為做文字工作就可以不用坦蕩蕩的去面對現實的環境，沒想到反而讓自己活得更茫然，我說得對嗎？」國立的一根菸抽得只剩半截，我很留意他看我的眼神，每一次我都是靠著他看我時的眼神來讀他心裡的想法，百分之九十都是準確的，「你覺得是就是囉，這個工作是我選的，的確，……看起來好像很單純，可是腦子卻是很複雜。」我看著他的眼睛回應他對我的猜測，「放輕鬆吧，不要那麼嚴肅去看生活就好了，如果生活上有不如意的事情，衝我發洩就好了，把我當你的垃圾桶！」國立將菸屁股給熄了，「謝謝你，我的好朋友！這輩子沒有你真的不行耶，都被你看透了！」我對國立說，「是我被妳看透了吧！妳每次盯著我瞧，就好像知道我在想什麼一樣……」「因為你眼睛好看啊，大大的，睫毛又長，……

而且旁邊還有一點點魚尾紋喔。」我說著、比著，「謝謝妳的讚美，親愛的Sora，聽的出來妳已經在嫌我老了。」國立說完後，不禁令我發笑，他是個大方又幽默的人。

「顏國立！」當我們用餐快結束時，一個年紀跟國立差不多大的男生從別桌走過來跟國立打招呼，穿著很體面，鼻子很挺，皮膚比國立較黑，很像運動員。「亞平！」國立站起來和他親切擁抱。「這位美女是女朋友嗎？」亞平禮貌的跟我點頭，我也站起來跟亞平握手，「你好，我是國立的朋友！我叫Sora。」我向亞平介紹自己，「妳好，很高興認識妳。我姓邢，叫邢亞平。」他的手心很薄，握手的感覺不是很誠懇，而「邢」這個姓在我週邊並沒聽過，很特別。同時間，在邢亞平所坐的位子上還有兩個朋友，兩個都是女生，他們看我們在說話，很好奇的往這邊瞧。「什麼時候回台灣的？」國立問著亞平，「上個月，對了，聽說你閃電結婚又閃電離婚啦？」「對啊！」國立笑著，「你超猛的，三年不見還是一樣啊！」亞平搖著頭說，「剛剛進門怎麼沒看見你？」國立問，「我也沒注意到啊，是我朋友跟我說窗戶旁邊有一個帥哥我才回頭的，沒想到是你顏國立！」看得出來邢亞平很高興能見到國立，當然會邀請我們跟他們坐在同桌，「介意嗎？」國立問我，「我不介意，我們過去吧。」我拿起身邊的外套，和國立一起移桌到亞平那裡。

亞平身邊的兩個女生，一個叫紫欣，一個叫紫怡，近看才發現是對雙胞胎，臉蛋是長得很像，鵝蛋臉，不深的雙眼皮，皮膚算得上白，嘴巴有點過小，長相整體而言可說是普通，還好皮膚不是偏黑的，老人家常說一白抵三醜，若他們是偏黑色皮膚的，那兩人一定是標準的醜丫頭，真是一雙好的例證。

她們兩個人的氣質和裝扮看上去也差很多，紫欣燙了大捲髮，在臉上畫了咖啡色的煙燻粧，戴上了假睫毛，塗了桃紅色的口紅，刻意用唇筆描繪唇線，試圖拉寬唇形，穿著很時髦，是一個很現代的女性，看起來不是很順眼；紫怡就讓人覺得很平凡，略施淡妝，把自己包裹的很緊，條紋的深紫色毛衣還脫了線，不刻意隱瞞的讓兩根毛線垂掉在褲子上，連我看了都不妥，要是男生怎麼會喜歡上她呢？紫怡這個做妹妹的一定常被姊姊比下去吧，雖然我看紫欣不順眼，不過換做是男人，一定稱她叫辣妹，是還可以站上檯面的。

亞平同兩個女生介紹著我們，「哇，妳是編劇啊？好了不起喔，做這個工作不簡單吧？」紫怡對我說話時感覺很親切，不過第一次見面就握住我的手臂說話，這種感覺不是很好，「也沒什麼啦，就一般的文字工作吧。」我勉強笑著回答紫怡，「沒想到國立還有這麼有水準的朋友，真是會藏，也不介紹給我們認識！」亞平對國立笑著，「人難免自私嘛。」國立和亞平舉杯喝著紅酒，我發現紫欣並不多話，反而是紫怡聒聒講個不停，「有菸嗎？」紫欣問國立，臉上的表情看起來很酷。「喔，有。」國立遞了根菸給紫欣，還替她點火。「謝謝。不介意女生抽煙吧？」紫欣跟國立道謝後又轉頭對我問著，「不會，我知道一般作家都會抽煙，而且抽煙才有靈感不是嗎？」紫怡接了她姊姊的話問我，「我是不知道啦，這也不是一種定律……。」我說。我並不想跟他們聊自己，一方面是不熟，再說我的職業也沒什麼好談的，何況編劇對我而言並不是什麼了不起的工作，起碼在台灣的戲劇環境裡我並不會這麼認為。

這場聚餐裡，給我的感覺真的不是很自在，一對不認識的雙胞胎加上國立久未碰面的朋友，真是一團霧，還好國立聰明，跟他們說要帶我去跟家人聚餐才跟他們道別的，出了餐廳，跟門口的聖誕老人說了一句Merry Christmas後就朝停車場步行而去。「辛苦妳了。」國立將右手放在我肩膀上說著，「為什麼這麼說？」「因為我看得出來妳很想離開啊。」國立說完對我笑著，「沒話聊嘛，所以覺得不是很自在，只是亞平是你那麼久沒見的朋友，會不會對他不好意思啊？」我問，「不會，看到他我也嚇了一跳，幾年前跟我借了兩百萬就出國了，沒消沒息的，突然出現真令人驚訝。」國立說得很自然，我聽了才驚訝呢？「他錢還你了嗎？」

「沒有。」國立笑著，「沒有?他沒還你錢還這麼大方的打招呼啊?」我不清楚怎麼會有這麼厚臉皮的人呢?「沒關係，用兩百萬認識一個人也值得啊。我也不會再跟他有什麼聯絡了，何況邢亞平就是這種人，喜歡把錢花在女人的身上，那些女人只要認為他有錢，都會願意跟著他的，他是標準的現代情人。」國立說，「不對，他怎麼會是標準的現代情人?長得雖然比一般的男生好看，但卻不是很耐看，可能是氣質的關係吧我想，這樣花錢買女人芳心的人，怎麼會是標準的現代情人呢?他只是想要得到虛偽的滿足感罷了!」「虛偽的滿足感?挺有意思的!可是女人跟一個男人交往，難道不會看男人的家世背景嗎?」國立問我，「其他的女人我是不知道，不過，我是不會，就算今天我愛上的是一個窮光蛋，我也會好好的愛，決不會因為他有錢而跟他在一起，或是他一無所有時而放棄他，否則那就不是愛了。」我說得很認真，國立停下來看我，「如果哪一個男人成了妳的另一伴，那他一定是最幸福的。」國立笑著替我圍上他的圍巾。

【卷六】

# 銀色聖誕樹

## 頂樓上的飯店經理——女孩感動的禮物

直昇機在空中徘徊，我們抬頭望著天空，
奇蹟真的發生了，白雪從天而降，每個人的臉上都是微笑，
每個人的心中都種下了——銀色聖誕樹的奇蹟。

「圍巾給了我，你不會冷喔？」我問國立，「圍著吧，我身體比妳強壯，這種溫度就受不了的話，那生活在下了雪國家的那些人該怎麼辦啊？」國立開著車說，「下雪，以前唸高中的時候，陽明山曾經下過雪，看著那些白綿綿的東西落在樹上的樣子……真的好美喔……」我想像著、回憶著。「只是我們國家的聖誕節是從不下雪的，不過妳要知足啦，起碼溫度是冷的，還有那種耶誕氣氛，……要是東南亞的國家怎麼辦啊？四季如夏，還得在這天慶祝聖誕節，營造所有和這個節日有關的氣氛，也真為難他們了。」國立說得沒有錯，我們是該滿足了。國立將車子開到市中心，我看見號稱世界第一大的『Taipei 101』世貿大樓驕傲的成為台北的第一地標，心中卻是很疑惑，「為什麼要把樓層蓋那麼高呢？有什麼意義嗎？」國立朝前面望了眼回答我，「誰都想當最好、最大的，倒了美國的大樓，其他國家就開始比較了，比誰的樓最高，比誰的建築最有特色，連台灣也不例外，一點意義都沒有！」國立搖頭又繼續說著，「我覺得好亂，那些政治人物腦子裡面不知道裝了什麼東西，喜歡搞噱頭，真是沒有文化！」「的確，其實很少人會去在乎這些的，人民都得吃飽，有份工作做，生活的踏實那是最重要的，……不過話說回來，這就是比較心態吧，也是一種慾望吧。」我看著國立，國立點點頭，「是吧，也是一種慾望吧。」

車子轉進一家五星級的飯店，「怎麼來這裡啊？」我問國立，「我要妳幫我一件事。」「幫你什麼？你不是說要帶我去見一個人嗎？好神秘喔你。」我笑著看他，他也笑了，只是沒說什麼，停下車後國立將後車廂打開，拿了一套黑色西裝出來，車廂裡頭還有兩大袋東西，裡面是什麼我就不清楚了。「我來提這兩個袋子，西裝妳拿著。」「喔……。」我不知道國立要做什麼，不過這種不知道而跟隨他的心情挺好玩的，好像一種遊戲的指定規則，破了關後才知道獎金有多少。我替他拿著西裝，跟著他進了地下室的電梯，國立按了八樓，電梯門打開後，跟著國立在廊道上走著，這家飯店很漂亮，內部好像重新裝潢過了，地毯也挺新的。

國立在802號房停了下來，按了電鈴，等待對方開門，沒多久有人開了門，一位年紀差不多四、五十歲的中年人站在門口，他笑著看我們，背有些駝，駝背不知道是不是因為先天的關係，身高小國立一個頭，臉上有疲倦的皺紋，……他身上怎麼穿著飯店工作服呢？「你來啦。」那個中年人高興的歡迎國立，「我們進去吧。」國立帶著我進入了802號房，這個房間雖然不是總統套房，但也算得上是上等的房間了，所站的地方應該是客廳，右側門的方向才是臥房吧。「這是我朋友，林琳。」國立對那個中年人說著，「林小姐妳好。」他很禮貌，軀恭敬禮，像是受過訓練。「你好。」我跟他點了頭。國立將兩袋子的東西放下，從我手上接過西裝外套，「這套西裝送給你，你把他換上吧！」國立將西裝拿給那個中年人，現在的我還是局外人、旁觀者，因為國立好像忘了告訴我這是怎麼回事？如果一個玩家不知道遊戲規則就上線了，那得要花心思去了解，破關的機率也會比別人低。我一個不注意，那個中年人竟突然跪了下來，把我給嚇了一跳！「謝謝你……。」我聽見啜泣聲，國立也驚慌的把他扶起，「來，王先生，你先坐一下。」現在我知道那個人姓王了，只等著了解他們的關係。我從提包裡拿了面紙給王先生，他臉上的淚有擦拭的需要。

「謝謝……」王先生語帶哽咽。「現在三點了，我們得快準備好嗎？」國立對王先生說著，「好。」王先生點頭。「我已經交代司機了，等你換了衣服，他會開車送你去的，司機三點三十分會在飯店門口等你。」國立拍拍王先生的肩膀，「那我走了。」王先生拿了西裝外套，跟國立點頭敬禮後才走出去。

「國立，這是……」我看著國立問，「這是我今天要你幫我的事，王先生是我要帶你見的人，他是這間飯店的服務人員，平常幫忙清潔、拿行李的工作，他沒敢告訴家人自己所做的工作性質，所以他女兒一直以為他在飯店是做主管級的幹部，妻子也這麼以為。」國立說，「這種工作並不丟臉啊……為什麼要瞞著家人呢？」我問。國立拿出一根煙走到窗戶旁繼續說：「王先生被原本的公司裁員後就來這家飯店應徵，以前的職位身分都得歸零，從頭做起……再說這種歲數的人要找工作也不容易，能屈就可以賺一份收入他也就滿足了，所以他並不會覺得自己的工作很低微……」國立應著，「這我就不懂了，既然不覺得工作低微，那為何要隱瞞呢？」「為了他女兒。他告訴女兒自己快升客房部經理了，到時等女兒生日的時候要什麼他都會答應。所以他想只要他努力一點，也許會有這種可能，讓女兒達成她的生日願望，……只是他女兒等不及了。」國立說她女兒等不及是因為患了病，而他女兒的生日就是今天，王先生得穿得像經理一樣，像有些身份的人，權雖不大，但起碼可以管一些人事，國立替他安排了這一切，希望能幫助王先生。

拉開兩袋子的拉鍊，裡面全都是耶誕的裝飾品，好漂亮，金色、銀色還有紅色，國立和我走進臥房，一棵聖誕樹在窗邊放著，等著我跟國立裝飾，「他女兒的願望是什麼？」我問國立。國立笑著說：「跟妳一樣，期待一個下雪的聖誕節！」「這是不可能的，除非真有奇蹟，……」我很擔心國立會讓王先生失望。可國立卻是信心滿滿的。「那妳就相信有奇蹟吧！」我不知道接下來的國立有什麼打算，我倒是很享受佈置房間的那種感覺，很快樂。國立說要王先生一家人能有一個很美好的夜晚，要把房裡的耶誕氣氛裝得滿滿的，滿滿的。房間佈置好後，我看見國立臉上的表情，一種安心期待的表情。

冬天的夜很快就暗，細雨也不再飄了，六點的時間，國立打了電話給王先生，要王先生直接帶妻子、女兒到頂樓去。「到頂樓做什麼？」我問國立，「到頂樓用餐啊！」真是神奇，國立牽著我搭電梯到了最頂樓，我簡直不敢相信，頂樓舖上了地毯，一層樓高的聖誕樹燈光閃閃的歡迎我們，六個服務生站在一旁，等候服務的指示，兩張西餐的桌子蓋上金色的桌巾，桌上有雪人蛋糕和許多的小餅乾，週邊滿滿的聖誕紅讓我們有好心情。

我聽見後頭傳來輪椅的聲音，王先生推著他女兒和太太到了頂樓，他十二歲的女兒戴著白色毛織帽子，很憔悴，身上紅色的毛衣讓她的臉色看起來更顯得蒼白，國立走向王先生的女兒，「小琪，還記得我嗎？」國立問著小琪，「記得。你是那個醫院的大哥哥……」小琪的微笑很天真，她和國立相看的樣子，讓我有一種感覺，他們之間好像有某種默契。

直昇機在空中徘徊，我們抬頭望著天空，奇蹟真的發生了，白雪從天而降，每個人的臉上都是微笑，小琪的父親穿上了西裝，背也挺直了，他的妻子看得出來很感動，緊握著丈夫的手，小琪盯著眼前的聖誕樹，她笑著輕輕說了一句：「原來銀色的聖誕樹這麼好看。」她的笑容好甜。

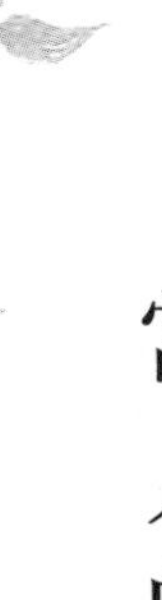

【卷七】

# 常人的智商

## 阿甘精神——愛得真切浪漫

愛情真的很妙，
一個智商不高的人順著自己的感受去愛，反而愛得真切浪漫，
而自以為智商正常的人，追求愛情的過程卻是幾經波折，
原來，心理的障礙卻是最難跨越的。

經過這兩天，我想問國立他的生活到底是怎麼過的？為什麼可以認識這麼多和他有所差異的人，他會不會太好，好到自己有濫用同情心的傾向他都不知道呢。有時候懷疑他是不是凡人，奇蹟是可以被他所製造的，我就跟他不同，我對週邊的事物時常冷漠對待，也很少用《希望》兩個字去經營未來，那是遙不可及的未知數，對生命的掌控也沒那麼熱情，自顧不遐更沒有餘力去同情別人。

我撥著他的電話，他的手機在通話中，永遠是個大忙人。「歡迎光臨！」服務生對剛走進店裡的國立喊著，國立朝我走過來坐下，「我以為你不來了呢？約我來這裡自己還遲到。」「對不起啦，剛剛去了于真那裡。」國立跟服務生點了杯熱咖啡後說著，「于真還好嗎？」我問，「說實話，不好，不過，這是我最後一次到她家了，我是把她在我家留的幾件衣服送還給她。」「你對于真太刻了吧，做不成夫妻，當個朋友也好，別把關係弄得那麼擰。」我希望國立能多體諒一下于真的心情，「沒必要吧，和她結婚本來就錯了，如果現在不了斷的乾淨，以後還有牽扯不清的事情呢。」國立今天說話的樣子有點急躁，「你不好受對不對？」我問他，「我不愛她，為什麼不好受？」國立看我，「因為你覺得對不起她，所以看見她會不好受？」「琳，有時候覺得妳很了解我，有時候又覺得妳很陌生，請妳不要以為我愛著于真好嗎？沒錯，我承認當初我是下了賭注，……我以為可以試著去愛一個人，但那真的不簡單，而且我現在也知道了，一個人寂寞的時候很容易會做錯決定的。」國立心裡很浮，話說得很不清楚。「我知道你打電話給我是要我陪你，不是要聽我說教的，對不起。」我不應該挑起他不舒服的話題的，更何況才離了婚了人，心裡難免會有浮動的焦慮。

「昨天，我認識了另一個你，……你對人真的很好。」我將服務生端來的咖啡為國立加上糖和奶精，對國立昨天幫助別人的舉動給了讚賞，「我沒有什麼好，……只要王先生能讓小琪快樂，完成小琪的心願就值得了。」國立拿起咖啡，喝了一口說。「對了，你怎麼認識王先生的？」我問，國立的眼神閃了一下，輕咳了一聲回答：「我在醫院認識的……」「在醫院認識的？你去醫院做什麼？」我問國立，「去醫院看一個朋友，……出醫院時聽見樓梯口有人哭泣的聲音，好奇之下才走過去的，那個人就是王先生。」國立繼續說：「他是因為小琪才哭的……」聽國立這麼敘述，我心裡好心疼，「小琪是癌症病童對不對？」國立點頭，「為什麼？小孩子那麼無辜要得到那種無法醫治的病，才來到這世界沒多少年就要離開了，好不公平。」我是認為很不公平的，就算我寫過一些角色病危死亡的故事，若是發生在週邊，我還是難以想像。

「于真有沒有跟妳說過什麼？」國立的話題又回到于真的身上，我原本還避免談他們的事情的，怎麼國立又提了呢？「跟我說什麼？也沒有啊，就你們分開後她來找了我兩次，兩次都沒說什麼，……」我看著國立，「我擔心她會故意說一些話，如果沒有就好……。」國立說這話的意思我猜不出來他在擔心什麼，「國立，如果于真想挽回，你還會給她機會嗎？」國立他很堅定的回我：「不會。只是我不希望她再存有任何幻想，……她剛剛抱著我，要我別離開…可是我卻推了她一把，要她好好的恨我一輩子，記得我顏國立是個大爛人！」我愣了會兒，沒有接話，難怪國立心神不寧的，他一定想了好久才會這麼做的，他根本沒有必要把自己弄成這樣，搞得自己那麼不舒服。

「嗯，看在我們是好哥兒們的交情上，我陪你把心情搞好，不如我們來看電影好了！」我笑著問國立，「今天不想去電影院…人太多了。」「誰說要去電影院啊！到我的地盤去！」國立笑著：「好啊，順便買一些好吃的東西，邊看片子邊吃東西！」我們已經決定要讓自己心情變好，用我們喜歡做的事情來調劑現在的壓力。

便利商店很便利，零食好像都買不完，兩瓶啤酒、可樂果、魷魚絲、麵包、關東煮、一打百事……全都進了我家客廳。

我是學戲劇的，房子裡有很多自己蒐集的片子，以前是個認真的學生，想要讓自己學有專業的東西，避免出社會時成了慌了心的流浪漢，擔心沒人肯給你機會工作，所以對戲劇有很強烈的學習感，一方面就是我所認為的欺瞞自我的方式，以為以後找工作較有把握，一方面真的是被戲劇這種東西給吸引了，美國的電影真的很不錯，老是有這麼多拍不完的題材，我跟國立將『阿甘正傳』又再看了一遍，還是那麼耐看。

「這部片子很長，不過真的很好看。」國立心情比較好的跟我說著話，「是啊，這部片好多年了吧，那時候還流行了一陣阿甘精神呢！」說實話，我是辦不到的，阿甘精神看起來很容易仿傚，實際上還得努力操作才能控制腦子裡的反抗思想，國立也很喜歡看電影，有時候他也會有跟一般人不一樣的見解，「愛情真的很妙，一個智商不高的人順著自己的感受去愛，反而愛得真切浪漫，像我們自以為智商還算平常的人，追求愛情的過程卻是幾經波折，看起來有點愚蠢，心理的障礙卻是最難跨越的。」國立幫我把錄影帶收了起來說著，「國立……我能不能問你一件事啊？」「嗯……妳說。」「你有愛過嗎？」國立站了起來看我，好像我的問題很蠢一樣，他的表情有點在偷笑，「有這麼好笑嗎？」我問他，「不是，我剛剛腦子也剛好閃過這個問題要問妳，……好吧，我就老實的告訴妳吧，我是有愛過，而且我的心告訴我，我很愛那個人。」國立摸著心臟對我說，我相信每一個人都會有讓自己難以忘懷的戀情，而我卻是很羨慕國立，至少他還有愛過，「那妳呢？」「我？不知道……這個問題我先保留，以後再告訴你。」我笑著，很難回答，以後如果有，我一定第一個告訴國立。

「這幾天謝謝妳一直陪著我。」國立摸著我的頭說，「怎麼變得那麼有禮貌啦，我們兩個是互相陪伴，你的事就是我的事囉，好朋友！」我和國立擊掌，我跟他的友誼並非一朝一夕所養成的，也是緣分吧，他常說我是他撿來的親

人，是那種帶有距離感的親人，其實對他，我也差不多是這種感覺，我以前常在探討一個問題，人存在在宇宙間是不是有他的目的性，我很相信亞里斯多德的理論，他認為藝術可以淨化人心，有助於獲取普遍真理的相關知識，可是最近看了柏拉圖的理想國後，我有點被他影響，他認為藝術會讓我們的理性失去平衡，無法辨別真實，學習藝術真有這樣的困擾，就像尋愛般那樣的無法辨別，失去節制，兩個個體的存在性受到質疑，是互相牽引或影響，是否有他存在的目的性呢？否則我怎麼會認識眼前的這個人，不再多想，……也許該是我找尋戀情的開始了。

瘋城的交叉路口——歇斯底里的Coffee Shop

【卷八】

# 交錯、吶喊

勝利女神可以高喊勝利，她的溫柔在繫著鞋帶的體態中露現而出，輕薄的外紗引人遐想的空間，有如剛受過一場歇斯底里的性愛洗禮，靜靠在雅典的神殿裡掩飾著被嚐的滋味……

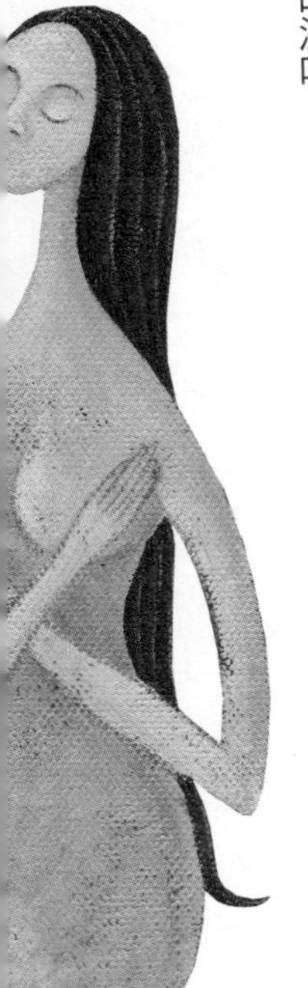

12月28號，無雨的狂風在台灣北部盡情的吹驟，電視台的天氣預報永遠只能做「參考」，我相信自然界的力量勝過人類自以為精密的科學儀器，它是無形、無性的生命主宰者，捉弄著愚昧的我們。

在中山北路頂端的交叉路口，看著滿天飛起的紙屑塵砂在東西向的天母路段傲笑著，於陰暗的天色裡捕捉到一種紊亂的協調感，而我的裙擺在此時呈現出興高采烈的模樣，讓我的手指無法掌控它的興奮，只能讓它跟著傲笑者隨意發洩，真是低能的紡織布料，令人又氣又厭煩！眼見街道上的人們有如波斯灣戰爭的情勢反應，目前唯一的任務就是避免這場災難，趕緊躲進防空洞裡，等待緊張的氛圍消去。我頂著乞丐的髮型，好不容易沿著那貴死人的『美國學校』走到肯德基的少校面前，在這樣的天氣裡，根本不想理會少校的微笑，急著躲進不健康的速食店內。我真的想不透為何店內的客人還可以輕鬆悠哉的啃著雞腿？不屑玻璃窗外路人的猙獰面目。

就在我喘息不到兩分鐘的時間裡，我透過玻璃窗看著一個熟悉的人影，從對面的人行道上追逐著一個手拿皮包的青少年，我毫不猶豫地衝出了速食店，不管交通號誌的穿過紅綠燈口的斑馬線，用『大躍進』的思想理念催促著我細長的雙腿行動著，就算今天的風阻有一百級，我也要讓正義出現在黑暗的城市裡！此刻的青少年轉至天母西路奔跑著，剛好跟我同時到達交叉路口，我一手用力拉住那青少年的外套，一邊聽著腿軟的于真繼續大喊著「我的皮包……」，但我這個女俠的姿態完全控制不了這位小偷的《執著》，三個人的馬拉松競逐賽展開，原本對人性無情失望的兩個女人，就在一個老外的碩大體型中得到了彌補，那十六歲不到的小男生被逮個正著！小男生不用哀哭求饒，反倒用銳利的眼神看著于真「還妳！一點都不好玩！」，于真氣到忍住怒火對小男生說著：「快走，你這個小鬼！」，老外看得出來我們並不想報警，他放開小男生的衣袖，小男生飛快似的跑掉。我們謝過四十多歲留有落腮鬍、藍眼睛的美國學校老師，雖然我對美國學校的座立抱持著懷疑的態度，但在這個老外的見義舉止上，我開始想著那些只顧著躲避狂風台北人的漠視冷淡。

「妳今天帶了多少錢出門啊？看妳跑的那麼拼命……」我用頹廢的口吻問著于真。「四百塊……」于真的回答打擊了我，就像這持續的強風吹看我裙內黛安芬的顏色般無奈。她認真的繼續說著：「你知道嗎？重點在於這個LV的包包！」原來這一切都是為了『LV』這兩個英文字母。事發現場為下午三點零五分，就在我拉扯小男孩衣袖時，留在地表上的手錶告訴我的時間，當我撿起手錶的同時，我看到我的櫥窗男人從『百視達』影帶出租店裡走了出來，他上了銀色的RV車子……「我們去喝杯咖啡吧！」于真的話我是聽進去了，但我心理的想法是，如果這個男人再離開我的視線，我是不是就注定跟他無緣無份了……

「不行！」我脫口而出的一句話嚇到了于真。她一定認為我不想跟她喝咖啡，但眼看著車子就要開走了，我竟在那裡發呆，於是我告訴于真待會兒再打電話給她，隨著便攔了計程車坐上，「跟著那部車子！」我指著櫥窗男人所開的RV，我堅定的眼神好像我在跟蹤自己丈夫那樣的急迫緊張，像是要抓住他的把柄來提高贍養費一樣，像是要讓他的出軌付出應有代價；還要準備跟他外遇的女人一較高下……司機已經察覺到了我的情緒，他從前方鏡子裡偷看著我，這時我才想起剛剛在計程車面前那股調皮的怪風提前給了司機小費，讓他知道藍色黛安芬的情愫魅力。在許多社會新聞的報導下，計程車司機是女性搭乘車子時所該注意的叢林獵人，我開始提高警覺，反應到我必須準備皮包裡的噴霧氣，那可以讓我有時間尖叫求救……「小姐，那個車子進到停車場去了……」

我回過神的同時，看見櫥窗男人已經把車開進誠品大樓旁的車庫裡了，他就住在忠誠路上。我付了車錢下了車，忘了猜測計程車司機的行動。我抬頭望著這棟大樓，想著他到底住在幾樓？我對我現在的行為有些危機意識，我必須離開這裡，離開這個碰不到、摸不著的男人，我打了電話給于真，現在的我真的很想跟她喝杯咖啡……」

有如梅花般不屈精神的于真跟我約在國立的咖啡館見面，我佩服她的勇氣。回到了天母西路上，國立『風華咖啡館』的落腳處，一進門就是那次與國立在大葉高島屋前說話的那位女工讀生迎接我，她的衣服掛牌上面寫著小莉，我想那是她在這裡打工給客人對她的稱呼。咖啡館內充滿著上海的色彩，外攤的攝影相片掉掛在四周，『和平飯店』的高雅氣質在于真的身後顯得更加的迷人，她坐在落地窗旁的位置上，那是她習慣和曾經擁有特權的位置。「我今天是為了帶我的寶貝回去才來這裡的……」于真摸著她的水晶玻璃，我記得這個作品就放在這個位置最左邊的專用玻璃櫃裡，現在那玻璃櫃的靈魂已被于真取走了。她喜歡洪文瑞這位金屬設計師的作品，他打造著金屬與水晶玻璃的生命奇蹟，在出色的器皿意象裡，有著于真摸不透的假象。

看著于真失落的眼神，我離開位置到洗手間去整理一番，我從皮包拿出梳

子試著撫平我頭上的煩惱，卻無意間在鏡子中看見廁門裡的兩雙腳，那種姿勢連白痴都知道他們在做什麼。我停止了梳頭髮的動作，專注的在澄黃的燈光下看戲，踩著高跟鞋的美腿只剩一隻在無力的支撐著，可見另一隻已經被那男人的左手強壓在牆，完全讓那男人輕易征服，透濕的體液歇斯底里般的被製造著，墮落、解放、宣洩的名詞不斷在身體交錯的聲音裡浮出我的腦海，女人按耐不住的聲音被男人的口給吸允住，口水濕答答的淹沒著男女的激戀運動，舒展筋絡尋得快活！放蕩聲音趨向最高點的同時，我將水龍頭的水轉至最大，冰冷的水壓制了我的難受感，誰不渴望在幽閉的空間裡來一段激情的衝動？這對男女已經澆濕我藍色黛安芬的情愫。

回到位置上，兩杯熱拿鐵已經上桌，廁所裡的男女也陸續而出，于真曾經跟我提過那個女人，她也就是為了那個女人才跟國立離婚的，那女人若無其事的不看我們，她的身心靈已經達到滿足感又怎會在乎廁所裡那位男人的前妻呢？原以為國立已經跟她沒關係了，至少在我面前他從未提及那個女人，女人狂妄自大的混血面孔裡，我們這些中國女性看起來就像被束之高閣的舊古籍，沾上了灰塵後，就很可能被忽略了。國立走進吧台，為那女人煮了一杯義大利濃縮咖啡，此刻我看到了于真壓抑的微笑，而我也忘了今天到天母交叉路口的目的……

這愛——盲還是茫？

【卷九】

# 淫罪的悔

天邊彩繪著灰矇的顏色，冷淺地落成心底的憂，
就讓涼風吹醒殘夢，踩著踉倉的步，
嘆問：是盲還是茫攪和著人們的思緒？

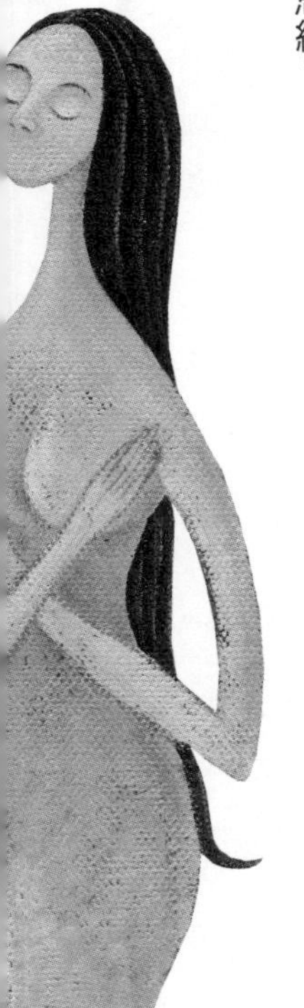

「妳為什麼不理我？」于真離開風華咖啡館不久後，我也跟著準備離開，卻被國立給拉住。「放開！」我對國立的行為感到可恥。「Sora……聽我解釋好嗎？」「不用跟我解釋，你該跟于真解釋……她在這裡你怎麼可以做出那樣的事……我真搞不懂你！」我好氣喔，好氣國立怎麼會這樣，幾天前他還好好的，像個天真的小孩般吵著要我陪他，才幾天沒見到他，他又這樣放蕩自己，我看了都覺得無力。走在路邊，不曉得自己在氣什麼！「你回去吧，你女朋友不是在咖啡廳裡嗎？追出來會讓人誤會的。」「Sora……我是故意的，我怕于真她……我不知道妳也來了……」「你這句話是什麼意思？」我看著國立，要他告訴我他在暗示什麼？他也看著我，用那雙大眼睛在看著我，無辜的神情是男人常用的欺騙計倆嗎？「別生我的氣，所有女人誤會我都沒關係，可是妳……如果妳誤會我，我會……」「我走了……」我步伐踏得很急，因為很難過。國立沒有追上來，心裡有種疼痛感，不明白的酸楚。

我沒有直接回到山上，坐著捷運換了車子到了和國立來過的海邊民宿，我也開始想學著不那麼困擾的過著生活，自在一點，想要透透氣時就不該想太多，陳老闆認識我，看到了我還問國立怎麼沒有一起來，我說國立有事，沒多做解釋的要老闆給了我一個房間。

在房裡推開落地窗，讓海風吹進了房裡，我哭了出來……那浪，拍打著急驟的調，那天邊彩繪著灰曚的色，冷浚的憂是心理的悵，脫去了厚重的外衣，我抖擻的站在陽台，死沉沉的涼氣最好吹醒我的夢，好讓我別踩著踉倉的步。如果大海可以給我騰個位，那誰來把我給拽下去？要我自己卻是缺了勇氣，活托要我做個傻子，盲還是茫攪和著我的思緒。我也學著從酒櫃裡拿起酒來弄醉自己，我的心好苦，眼睛糊了，累了，睡了。

在夢裡，遇到一個男人吻了我，他的手牽著我的手，讓我安心，「琳……」我聽見有人喊我，用力撐開眼皮，見到的是國立坐在我的床邊，他看我的眼神很溫柔，「你怎麼進來的？」我昏沉的坐了起來問著他，「幾點了？」「四點多……」凌晨四點多，他什麼時候來的，來的時就一直坐在這裡嗎？「陳老闆打電話給我，說妳氣色不好，我擔心妳，所以來了……看妳睡得熟，就沒叫妳……」，頭很重，我到了浴室洗把臉後走了出來，我不太敢正眼看著國立，「對不起……下午的時候對你這麼兇……我也不知道自己怎麼了？」我跟國立道歉。「是我不對，做了讓朋友覺得可恥的事，對不起。」我們坐在床上看著彼此，互相道歉的樣子挺奇妙的，兩人不一會兒笑了出來。「妳不生我氣啦！」「我們是好朋友，有什麼氣好生的！」

我們不再嘔氣，在房裡吃著陳老闆的微波食品和熱茶，國立說我喝了酒，喝點茶會比較好，「喂，顏國立！你幹麻那麼在乎我啊？」「因為我在做善事啊！如果我不在乎妳，那妳就沒有朋友了耶！」「誰說我沒有朋友啊！我只是看人交朋友罷了！」我告訴國立自己的原則，「不可能的，妳的朋友我都認識，我的朋友妳未必都知道，這是因為妳太過封閉了，整天對電腦螢幕發著呆怎麼去交朋友啊？妳該改變自己的生活才對。」國立說著，「我有試著去改變我的生活啊，告訴你，就在昨天去你的咖啡館之前，我做了一個很瘋狂的舉動喔，我從來沒有過這樣的經驗！」「我倒想聽聽看我們偉大的編劇做了什麼瘋狂的舉動啊？」國立笑著。

「我呢！跟蹤了一個男人！」「妳跟蹤了一個男人…誰啊？他是做什麼的，後來呢？」國立很想知道的問著，「後來他進了大樓裡了，所以我沒再跟上去了。」國立大笑著，「妳好蠢喔！」「喂！怎麼這樣說人家啊！我可是有自尊的啊，更何況這是我的第一次經驗耶！好意跟你分享卻被取笑，不說了啦。」我沖泡著即溶式咖啡，「Sorry，不笑妳了，不過妳能不能告訴我，為什麼要去跟蹤人家？」「因為……之前看過這個男的，覺得他挺不錯的，只是沒機會跟他交談……」國立靜下看著我，「我有點吃味耶。」「嗯…有什麼好吃味的，我跟你成了這麼多年的朋友，總該換我有喜歡的人了吧，我也想談戀愛啊！」我端了咖啡給國立，「我希望妳跟他沒有緣分，這樣你也許會把注意力轉移到我身上。」不清楚是不是國立的玩笑話，「你真自私！」「有愛才會自私啊傻瓜。」國立回應我，我聽了有點愣了，沒拿穩手上的咖啡杯，熱咖啡就這樣倒在我的腿上，「啊……」國立見狀，趕緊拉開我的睡袍，抱我進浴室裡沖著冷水，「國立……」我感到尷尬，當他在幫我沖冷水時，我用另一手將睡袍遮住我的底褲，他似乎沒有注意到我不整的穿著，認真的護著我的大腿，「冷不冷？」國立看著我在發抖，「嗯。」我點點頭哆嗦著，國立從背後抱著我，給我體溫，而用著左手拿著蓮蓬頭為我沖著冷水，我回頭望著國立，他輕輕的在我的額頭上吻了我，「別擔心，不會留下疤痕的，美女。」我相信國立對我說的每一句話。

那天早上，我跟國立一起躺在床上睡著，那種感覺很熟悉，被擁抱的感覺真的很美，但我們的關係依舊還是朋友。

「我沒對妳做越軌的行為會不會覺得失望啊？」「你在胡說什麼啊？自抬身價。」我把毛巾丟在國立的臉上。兩個人像孩子般丟著枕頭打亂了一整個房間，好快樂，像那枕裡的羽毛飄出窗外，飄上藍天，飄至海上，沒有束縛，沒有牽絆，蜂蜜的甜、泉水的甘，滿滿的盛在心裡，好想譜出一首詩歌，來讚美這樣美的氣氛，如果可以，我要和國立做一輩子的朋友，至少他懂我。

【卷十】

# 亞當和夏娃的相遇

陳凱——櫥窗男人

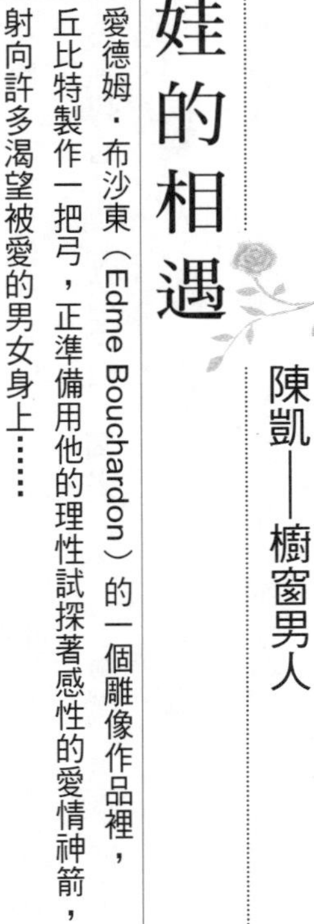

愛德姆．布沙東（Edme Bouchardon）的一個雕像作品裡，丘比特製作一把弓，正準備用他的理性試探著感性的愛情神箭，射向許多渴望被愛的男女身上……

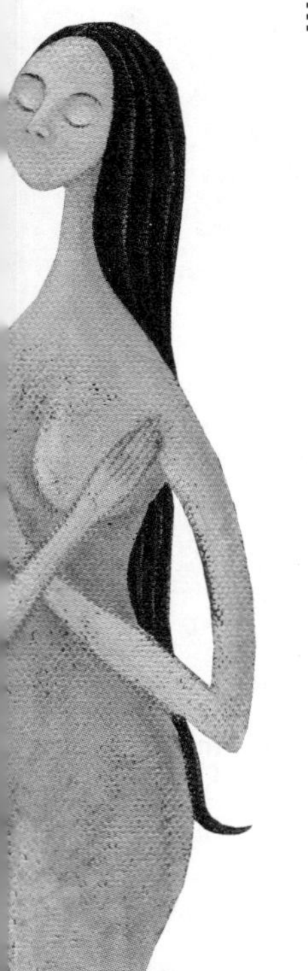

想著和國立在一起的那個時刻，有點出了神，直到製作人跟我說話，我才發現自己沒在專心。「妳信不信一個男人在二十多歲的年齡裡是一個相當感性的動物啊？」我製作人Andy這樣問我。「嗯……為什麼？」我問得很不屑，因為我不太明瞭我們現在談論的這齣戲跟他的感性有何交集？他把煙熄了，喝了一口茶回答了我這個問題，「不要懷疑！雖然我們寫的是古裝戲，但總離不開『人性情愛』這種東西！」有意思，我還以為他只是一個只顧收視率的膚淺製作人，他說著在他二十六歲時所發生的情史，有一次他參加了朋友邀請的音樂會，坐在貴賓席的位置上享受著音符排列組合的旋律，他雖然不懂音樂，也從未受過音樂的薰陶，但他總懂得欣賞台上演奏者的表情，一個拉奏大提琴的女孩深深的吸引著他，那女孩陶醉在自己的舞台上，沒有過多的脂粉抹在她的臉上，一張清秀的臉蛋露出淺淺的微笑，也就是那個微笑勾住了我製作人的魂。

Andy透過朋友的介紹和女孩相識，女孩羞澀的樣子更讓製作人很想把她當

晚餐來食用，經過Andy的苦苦追求，女孩終於和他交往，當然，從牽手、親吻到撫摸對我製作人而言，那只是在搔癢罷了，重點還是得擺在《做愛》這個準則上。「你知道我用了多少方法想讓她屈服嗎？」Andy認真的問著我，我聳聳肩表示我不知道或不想猜測，因為他現在的表情好好笑，就好像『豆豆先生』將嘴唇翹高硬要吸引隔壁女生注意一樣的蠢，「我花了大把的鈔票用在買花、買鑽戒、買衣服和帶她去旅遊上面…」「花了你那麼多錢也看出你的誠意了，成功了嗎？」我故意用這句話來掩飾對他呼之欲出的取笑，「沒用！」簡單有力的無奈詞。「哈哈哈……」我實在忍不住的笑了出來，我製作人說我沒良心，他在跟我吐露當年的心事我還能這樣對這件事報以大笑來看待，「Sorry……請繼續……」我低下頭盡量的不看他的表情，縱使他今天穿著一件他太太為他準備的綠色長頸鹿毛衣背心，我也絕對不能再這樣失禮了。「我只說了一句我愛她……她就脫了……」我嘴裡的咖啡差點沒噴出來，在此人大費周章的過程裡卻比不上一句話，雖然我又想笑又想說他笨，但在他輕嘆了一口氣之後我取消了這個念頭，「真想她……」我有點受感動了，一個女人就是為了要聽這句話啊，Andy，我真的看錯你了嗎？「我真想她那36E的乳房！」真是去他的！他還是如假包換的那個Andy，結果還不是因為那女孩的身材才讓他念念不忘。

「這就是你在二十六歲裡的感性故事嗎？」我瞪著他問著。「不是，雖然她的身材讓我很難忘，但讓我更難忘的是和她做愛的過程。」Andy回答我，「這我倒想聽聽。」我再給這個男人一次機會，而這個男人將他做愛的過程像做筆錄一樣陳述給我聽，於是我開始扮演著FBI幹員的角色，要他完完整整的誠實回答我的每個問題，我並要在他的言詞裡找到一點蛛絲馬跡的破綻，好知道誰是這事件裡的關鍵性人物。製作人告訴我，剛開始時那女孩壓在他的下面有著半抗拒的動作，女孩用手輕擋著Andy的胸口，臉上露出《不要》的感覺，雙腳還緊縮在一起，當然這種激情感促使著Andy不顧一切的用他的腳挑釁女孩的雙腿，接著Andy從女孩的嘴開始溫柔的親吻著她，脖子和耳下方則是那女孩的敏感帶，女孩輕輕壓抑的吟聲讓Andy感到更加激動，好想趕快越過愛撫的程序直達深處，但Andy怕嚇到了她，還是依著一定的步驟，最後才讓那面紅耳赤的小弟弟找到了自己的玩伴。而在Andy的心理，一直讚嘆著女孩36E的偉大胸部，一種掌握不住的柔軟。

這樣的性愛是女孩的初嚐，女孩夾帶著少女般的夢想只把自己獻給愛她的人，她裸體睡躺在Andy的懷抱裡，有如新婚夫妻的新婚洞房，對女孩而言那是一種極大的挑戰，就好像她第一次登台演出那樣的緊張。Andy說有了第一次的經驗後，女孩慢慢的知道性帶給她的幸福感，對音樂的創作更是有很大的幫助。過沒幾次的經驗，女孩的性需求量大增，幾乎天天都要，而且到達一種瘋狂的境界，有好幾次女孩坐在一張椅子上，要Andy坐到她的大腿上做垂直動作，Andy很享受，女孩更享受，因為她把Andy當作是大提琴一樣的用手指在

他的背上彈挑著，原本Andy還沒意識到，直到一次女孩哼出旋律來他才發現，自己只是女孩的創作工具。最後他厭煩了這一切，他們也就走上分手的路。

我不懂為何Andy認為這樣的過程很感性？他說在他最後一次的性愛裡，他們倆個都落淚了，他知道這是她藉由他的身體所共同創作的最後一曲……這是我製作人的感性故事，他和我討論著這部武俠劇男女主角的愛情故事，該用何種方式來呈現，才不會讓人有看不下去的的轉台動作，我可以肯定的是絕對不會是他故事的翻版呈現。因為在這個視覺感官衝擊的媒體傳播裡，愛情的主題要和動畫做平衡處理，還得要再仔細的思考才行。

告別了製作人我搭上了捷運，避開了下班的尖峰時間，以免中了擁擠人群汗臭味的毒。我決定在忠孝復興站下了車，原本想去找我那答錄機留話超過四通的父親，還沒將悠遊卡拿出我又後悔的搭上另一班往台北車站方向的捷運，轉而搭淡水線的捷運下了士林站，從華視電視台到士林站花了我將近一個小時的時間，這一個小時裡《猶豫》佔了大約有二十五分鐘，心裡有些煩悶，我已經有半年沒見到那六十多歲的老人家了。我不想那麼快回到陽明山上去，這樣的心情也不想找朋友聊聊，我攔了一輛計程車自然的到『大葉高島屋』前下了車，也許在那裡有我安靜的空間。

我看著還沒改變的櫥窗伊甸園，我想著亞當為什麼能跟夏娃在一起？雖然兩人的美好戀情在撒旦的誘惑下告吹，但起碼他們擁有彼此珍惜過的那份愛。「你已經是第二次來這裡了……」多好聽的聲音在我身旁傳來啊，我向右邊轉過頭去，看到了自己追尋已久的那個男人在對我說著話，「這是第三次……」我對他說。「是嗎？聖誕夜那天我在櫥窗的另一邊看到妳…」天啊，你真是捉弄人，為什麼那天我沒看見他呢？我心理好緊張喔，怎麼辦？該跟他說什麼？我真是豬頭，想了他千百回，卻在見了他的這一刻不知所措，又不是在拍偶像劇，緊張什麼啊我！我的心理一直嘀咕著…「外面滿冷的，要不要到B1的咖啡廳去喝杯咖啡…」我愣住了，他主動的化解了我的尷尬，「我叫陳凱！」「叫我Sora！」，那天是12月30日，是我和他開始成為朋友的日子——

【卷十一】

煙火、糜爛、霧氣——柴可夫斯基的衝動

# 天搖地動的銀色RV

太陽神阿波羅像是一個完美男人的理想典型，
他吸引著站立一旁的維納斯，
讓米羅（Milo）多一份激情的塑造……

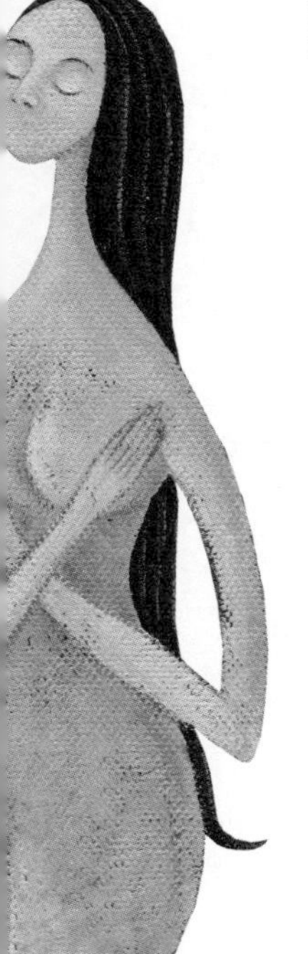

我赤裸裸的走在沙灘上，一種迷幻、不確定感暈眩了我的腦，我的腳被燒灼在失落的大漠裡，雙手任憑垂吊在架空的軀殼裡，外皮則被那狂妄的火球剝離殆盡……我找不到綠洲的影子，更別奢望駱駝旅人的拯救，直到我成為風乾的灰燼，漂流在折曲的時空中……多奇怪的一場沙漠夢境！我滿身是汗的離開了我的床，在早上六點多的時間裡一點都不想在溫熱的棉被裡多待上幾個小時，儘管外面的氣溫才十二度。決定開了浴缸裡的水，讓薰衣草安撫我的情緒，放鬆的享受著熱水給我的按摩，我閉上眼睛微笑的想著昨夜和他在一起喝咖啡的情景，漸漸地他的臉取代了我剛才的幻夢。

他有一雙尼可拉斯凱吉的眼睛，哀怨深沉又猜不透的眼；冷色系的染劑在他長過耳朵的髮絲裡，簡直就和他那張俊俏的臉有著完美的結合，他沒有像國立那般公子哥的尊貴氣勢，卻有著灑脫不羈的藝術家氣質。他的穿著很簡單卻又很時尚，不是那種落魄畫家的頹廢模樣，也不是皺而不整的襯衫打扮，更不是穿著橫條線起毛球質料衣服的男人，那是我最不想看到的男人衣著。米色系的高領兔毛襯衣在他的咖啡色皮夾克裡，是一種過客的色彩，表現出他的大方、自然和一種不驕傲的自信，他就是我的櫥窗男人，陳凱。

經過兩小時又二十四分的交談，我感覺到了自己不是被他的話題所吸引，而是他的全身。我們聊得很開心、很投緣，互相分享著各自的工作，他對我也有著說不上來的好感，在他看我的眼神裡表露無疑。他是一個搞藝術裝置的男人，立體藝術對他而言就像每天要吃飯、洗澡一樣的不可或缺，他在美術館的廣場裡展現出自己理念的形象裝置，如鐵、如鋼、如鋁、如石像的結構呈現，只要有形的物體在他的手裡都可換變出無形的象徵意義。

一整天都在等待著晚上的到來，陳凱約了我一起跨越2003年的界點，因為沒有朋友的主動邀約，自己也沒事，所以就答應了他，也或許是因為很喜歡這個人。才下午四點多我就坐立難安的看著衣櫃，紅色也許可以告訴他我很熱情，綠色可表現出我是一個沉穩的女人；黑色有著吊他胃口的媚惑力量，或是白色讓我看起來很淑女……在我沒有整理的床上看起來更加凌亂，所有可看性的衣服都拿了出來卻通通都看不順眼，五點了我還沒化妝，最後腦筋一閃，我發現新買的Blue way牛仔褲可以讓我的翹臀牽拉住男人的手。

手機響了，我用平靜語氣來壓制我的興奮，「再過二十分鐘我去接你！我已經買了兩張到高雄的機票！」國立孩子氣的對我說著，「什麼？高雄……」我覺得莫名其妙，這個人常常有驚人之舉，但為何要發生在2002年的最後一天？又為何要在我跟陳凱見面的這個時機裡搞這樣的把戲？他到底是哪跟筋不對啊？「去高雄做什麼？」我直接的問了他。「我希望跟妳一起倒數！跟我最好的朋友一起跨過兩個年頭！」怎麼辦？拒絕他會不會掃了興……答應他，那對陳凱怎麼交代……是陳凱先約了我的，所以我該拒絕他！可是……他是我多年的好友，陳凱我也才認識一天而已，雖然我是多麼的喜歡這個人，但……

「我約了人了……」我說了，我拒絕了國立，在他掛上電話的那一剎那，不知道是我聽錯還是我內心覺得愧欠才有這種感覺，一種失望的口氣從他嘴裡說著：「是嗎？那我也不去了……再Call你OK？」「OK……」不管了，這個男人多的是朋友，哪缺我一個？在陳凱的車上我似乎擔心著國立。「妳有心事？」陳凱問我。「喔……沒有，是一種高興的緊張……」我對陳凱回道。「妳讓人看起來很舒服……」陳凱開始誇起我來了，一般人聽到讚美的話是不會表露出不爽聽的感覺的，於是我漸漸地把國立給放在一邊了，開心的和陳凱聊著，從他去巴黎的旅遊經驗、到尼泊爾的被搶經歷我都聽得很感興趣，我當然也毫不吝嗇地將去美國的遊學經驗說給陳凱聽，他羨慕我的寫作工作，我也欣賞他對藝術創作的執著，我們從餐廳一直聊到陽明山一處看夜景的地方。

「奇怪，陽明山住了十年了，我怎麼不知道有這樣的一個地方？」我將頭上的髮夾拿了下來對陳凱說著，「是嗎？我也是有一次上山的時候無意發現的！

在這裡看夜景是自己完全擁有的獨立空間，不用跟別人敲一個位置來分享！」「空間的運用不是你的專業嗎？」我回了他。他笑了，笑得讓我心跳加速。「煙火！」我指著山下都市叢林的瞬間瀰漫，表演著自己對情境的入戲，可讓我有了心跳加速的理由，看著散發四處的火光點亮了上空的暗陳，上帝嘲笑我們的苦心，花費不少金錢假造著跨越年限的喜悅，假想著擺脫一整年的疲憊不滿，希望在最後的一個倒數裡得到一種補償與願景，這種欺瞞自我的方式全世界文明的國家都在用。

柴可夫斯基的第一號鋼琴協奏曲環繞在車子裡，一雙溫潤的唇碰觸著我，我們親吻著互道Happy New year!不由自主的跟著中快板節奏撫摸著對方，我的Blue way起了作用，他創作的一雙手壓柔著我的豐臀藝術，慢慢的解開了我褲子的釦子、拉下拉鍊……他一邊將椅背拉下，一邊注意著我的呼吸，我感覺到他在我腹部的接觸，機關已啟動，目的也很明顯。

他脫了上衣和褲子，這時的我已經是一絲不掛了，男女間的化學作用起了效果，我看見他胸口的一顆痣，像墨水無意滴染了宣紙，他的皮膚很光滑摸起來很舒服，他本身就是一件藝術品，上帝的極佳創造，「啊……」就在我欣賞這件藝術品的時候，他已經深入了我的體內，銀色的RV開始晃動，他那享受的樣子我看了就陶醉，在我今天精心準備的丁字褲裡他並沒有忽視，我不曉得我們才認識一天，進展就可以到達這種尺度，以上班族的工作態度，我們絕對是老闆最喜愛的員工，我不想管……真的不想管……他的實力真是隱藏不住，他在我耳邊輕聲細語，他說我美、眼睛動人、身材誘人……他把一切天底下最好的形容詞都用在2003年的第一個小時裡，我沉浸在糜爛裡，我好像沉在深海被人遺忘已久的寶貝，在人們發現它的價值之後，開始準備佔有它，我喜歡這樣被佔有的感覺，如海若因、如安非他命般致命的毒藥。Allegro con fuoco的熱情快板讓我們High到最高點，汗水宣洩不可收拾，外面的煙火依舊熱情的爆發，極至！

算得精準的電話讓我不好意思的接起，「新年快樂！」國立笑著對我說，「新年快樂！」我用虛弱慵懶的語氣對國立回道。國立也許感覺到我激情過後的空虛感，他再次不猶豫的掛上電話，而我卻被陳凱緊緊的抱擁著——

【卷十二】

# 假面的推銷員

## 昏暮——初起的激情

接吻不是一見壞事，昏暮、顛簸、晦澀，像鐵達尼號沉入海底的聲音……
男女之樂好似反了白的海底冤魂，沒名字的水草把男女纏在一塊，
女人的髮絞住了男人的頸，男人從女人嘴裡偷取氣息，
他的心深沉，冷冷的哀呼、壞朽的皮囊，
女人的思想有如利刃剛刀，開始甦醒摧毀她的靈氣，
慢慢的，海底的冰水成了鮮血，腥味蔓延……

我戀愛了，這是我所期待的愛情嗎？這麼多年，卻被陳凱這樣的男人所吸引住，我心裡的竊喜好不真實，他的外表是很不令我失望，記得那時無意撇過的一個印象，只是他專注工作的側面表情，沒想到正面這麼好看，難道是他的外表迷惑了我，我怎麼會在車上跟他做出那樣的事？要說迷惑，國立也大有本事，為什麼我跟他就不會發生這樣的關係呢……自己都不敢相信，一切都好自然的發生了，我一直很想找原因，可是又怕找著了原因會因此削弱想愛的勇氣，我很想跟朋友分享現在的心情，可是又沒有可以跟我談私密話題的女生朋友，我絕不可能找國立談的，……。窩在被子裡竟可以想那麼多。

「『Salesman』那家餐廳妳知道嗎？」陳凱打電話跟我約見面的地點，和他約會是很開心，可是……「我知道，我六點會過去。」掛上電話，心裡好不安，那家餐廳就是聖誕節我跟國立去吃飯的地方，會用『Salesman』當餐廳的名字也真怪，我一向都不喜歡推銷員這種職業的，那要面臨失去尊嚴的準備，按了門鈴，挨家挨戶去推銷產品，沒人買也就算了，還要忍受別人異樣的眼光，Arthur Miller就寫過一個劇本叫《推銷員之死（Death of a Salesman）》，看了覺得很悲情，推銷員說老實話的機會很不多，很像現今社會許多人，不誠懇，胡亂吹捧，活在虛構的背景裡，像喜歡活在都市城裡，驕傲自己是大城市的一份子，擦著油亮的皮鞋，提著公事包到處去招搖撞騙的人，最後卻是騙了自己，痛苦不已。不知道一個人的臉上可以戴多少張面具，獨自看著鏡中的個體，醜陋然然，……人的心其實是很多碎塊組合起來的，雜亂而不純熟。

「歡迎光臨！」女侍者開門迎接我，我看著那天和國立坐在窗邊的位置，女侍者問我是不是要坐窗邊，當然不，我不想讓熟人看見，要個角落邊界的地方較安心，好巧不巧卻被亞平給看到了。「Sora小姐！」亞平飛快似的從他老外朋友的椅邊向我這兒走來，「嗨！」我跟亞平點頭，「怎麼自己一個人，國立有跟你一塊來嗎？」我搖頭說著：「沒有，今天跟其他朋友約了。」「這樣啊，妳朋友來了嗎？」亞平問我，「喔，還沒。」我回答他，「先跟我們一起坐吧！」亞平殷情邀請著，「好吧。」我答應他了，誰叫我這麼早到，還有半個小時陳凱才會到。這家餐廳也不知道哪裡出名，大家都喜歡來這邊，來兩次，兩次都遇上了這個姓邢的傢伙也夠絕，他難道沒別的事幹又到處去騙錢嗎？

「跟你介紹一個朋友，Frank。」亞平對Frank介紹我，「這是Sora，是一位作家。」「妳好！我叫Frank，我記得妳的。」我微笑看著這個人，沒想起來他是誰？Frank知道我在努力回想，他笑著說：「我就是發糖果給妳的聖誕老人啊！」「喔，是喔，因為那天你戴著鬍子，所以認不出你，不好意思！」我說著。「你看起來好年輕喔，怎麼那天扮起裝來這麼像老人啊！」我邊坐邊說著，「Frank才三十歲呢！」亞平對我說著，「那天跟你來的那位帥哥應該沒吃醋吧，我把妳抱起來轉……」Frank笑著問我，「不會，他是我的好朋友，不會吃醋的。……你的中文講得很好呢！」「是嗎！謝謝，因為要做生意，中文當然要會說囉。」Frank笑著說，「他是這家店的頭家！」亞平得意的告訴我這件事，「原來是這樣啊。不過，也真巧今天又遇見你了。」我想知道亞平為什麼會在這裡，「不巧，我常來這裡呢，Frank是我在南非的朋友，他會來台灣做餐廳的生意，還是我給他的建議呢！」亞平抽著雪茄說著，「妳跟國立怎麼認識的呢？」亞平問我，「我們是大學同學，好幾年的朋友了。」我說，「國立是個好人，對朋友很講義氣的，我很喜歡他。」亞平會這麼說當然有他的道理，拿了國立的兩百萬還裝做若無其事，看著他身上穿的都是名牌，那些名牌和他的氣質卻很不搭。

「你現在在做什麼職業呢？」我問亞平。「我在待業中，最近想想……準備也開個店，不過現在還在規劃，只要籌到資金就OK了，Frank告訴我找人合夥風險比較不大，所以還在考慮。」亞平驕傲的說著，真是得了，這種人就喜歡

這麼炫燿自己，我猜想他身上的皮夾裡不超過兩千塊，還要裝有錢人，整天在這家餐廳混吃混喝的，Frank的心理一定也很明白他是哪一種人，只是不想拆穿他罷了。跟這種人當朋友還真是噁心，如果我會法術我一定讓他去掃廁所，或者讓他去刮風淋雨挖馬路也好，說不準在颱風天裡讓他爬上電桿上面去修電路，電死也別留在人間搞壞！

「如果要找投資人，我一定會找國立的，他出手大方，比較不會囉唆，我最不喜歡那種囉唆的人，就是做事情要考慮很久的那種人，國立就不會。」亞平的話我快聽不下去了，「妳的電話響了！」Frank提醒我，「喔，不好意思，我接個電話。」我跟他們點頭，走到旁邊去接電話，「喂，是我，陳凱。妳到了嗎？」「對。你什麼時候會來？」我跟陳凱問著，「你有看到我嗎？我在門口。」我轉過頭去，看見陳凱在車上跟我招手，「我看我們到別的地方去好了，妳出來吧。」陳凱也許是找不到停車位吧，「好，等我一下。」我掛上電話，回到位置上跟Frank和亞平說著：「對不起，我可能要先走了，我朋友在外面等我。」Frank站起來跟我握手，「歡迎妳再來，下次請妳喝酒。」Frank很紳士，「好。」我笑著點頭，「幫我跟國立問好！」亞平的聲音好討厭喔，「OK，那我走了，拜！」我拿著國立送給我的圍巾步出餐廳。

「車子上過蠟嗎？看起來很新。」我問陳凱，「要載美女，當然要把車子整理一翻囉。」陳凱開著車說，坐他的車子很不習慣，視野很好，座位寬敞，舒適但會彆扭，和跑車的感覺很不同，跑車有種放逐、流浪、不定、模糊和錯覺感，和我的心境很像；而休旅車卻是要你安靜、抓住方向和看清楚事實的一種感覺，這種感覺反而讓我有壓力。「我本來想吃牛排所以才約了妳到家餐廳，可是想一想天氣冷，吃熱炒比較好。」陳凱跟我解釋著，「沒關係，對吃我一向沒什麼意見。」我說，陳凱一手抓著方向盤，一手握著我：「妳平常喜歡做什麼？」陳凱問我，「嗯，……看書，喝咖啡，看電影、看戲，寫東西……就

這樣吧。這就是我平常會做的事。那你呢？」我反問陳凱，「我啊，其實說出來你別不相信，我是一個沒什麼娛樂的人，平常就是把我的工作當興趣在做，劃設計圖，搞創意，吃飯、睡覺……很無趣吧。」陳凱笑著說，「不會啊，每一個人生活不一樣才好啊，如果大家都做一樣的事那才無聊呢。」「不過，我現在多了一樣興趣！」陳凱看我，「什麼興趣？」我問，「就是和妳約會啊！」聽了很甜。交朋友的程序一定要這樣嗎？為了熟悉一個人會開始探知對方的生活，身高、體重、星座、血型、興趣……還有呢？我就認為很累，所以朋友才不多。

這家熱炒餐廳是家古式建築，長板凳加上紅瓦磚，很像客家人的古厝別院，「多吃點。」陳凱為我夾菜，「謝謝。」突然覺得好想喝咖啡，今天早上在家裡喝過一杯就出了門，如果在一般西式餐廳吃飯一定有咖啡可以點的，……不是不喜歡吃中菜，也就是因為沒咖啡可點嫌麻煩才很少來這種地方吃飯。「妳都沒跟家人一起住嗎？」陳凱問著，「喔…我一個人住，比較習慣。」真難回答，這麼隱私的事情我很少會問人的，國立也沒這麼問過我，……他的臉上看起來很自信，他會不會也戴了一張面具，……不行，我老把別人想得很壞，我一定要改變自己，不然真的像個瘋女人。

回到了山上，陳凱在我唇上親了一下，把我頸上的圍巾給拿下，「妳說我像藝術品，其實，妳比我更像藝術品，……妳長得真的很美，是男人一定會對妳動情的。」陳凱很會說話，我的唇靠上去讓他閉了嘴，和男人接吻不是一見壞事，昏暮、顛簸、晦澀，像鐵達尼號沉入海底的聲音，……我和陳凱好似反了白的海底冤魂，沒名字的水草把我們纏在一塊，我的髮絞住了他的脖子，他想從我嘴裡偷取氣息，這個男人的心很深沉，冷冷的哀呼、壞朽的皮囊，我的思想有如利刃剛刀，開始甦醒摧毀我的靈氣，慢慢的，海底的冰水成了鮮血，腥味蔓延……。

國立的圍巾落地了，我的心已任由擺佈了，身體漂流在紅海裡……。

【卷十三】

# 焚化爐裡的亡魂——男孩的陰冷淺笑

## 性與愛的協調矛盾

炭火咖啡—氣味濃烈，讓人們初嚐時畏之，再嚐時愛之，有如性愛的初體驗——一種某苦必存的矛盾現象……

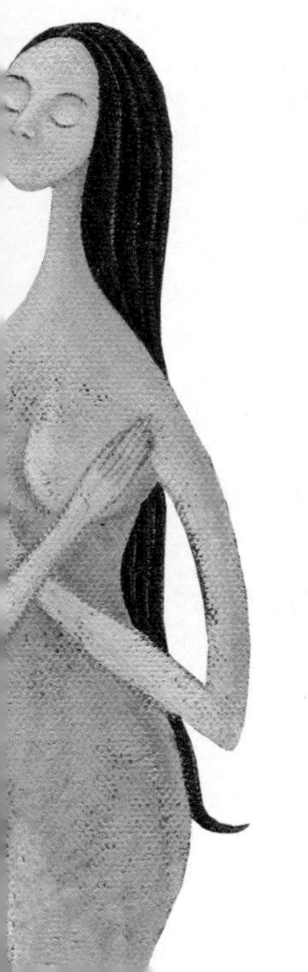

在我的白色床單上，他的手輕輕滑過我的身體，陳凱我的男人就睡躺在我的左邊。我們好像初嚐性經驗般的瘋狂，一個晚上有好幾次試著拆毀這張雙人床，在搖晃和滾動間交集著洶湧的潮流。「我會不會擾亂了妳的寫作工作？」他用溫柔的語氣問著我。「會！」我豪不保留的告訴他，「那怎麼辦？就算會我也捨不得放開你……」他用手輕撫我的腰間說著，「你果然有一雙很巧的手……有可能這雙手催促著你去工作。」我對他說。「好吧！」他親了我的額頭走進了浴室梳洗，我們必須理性，就算他有可能成為我未來的丈夫，我們也不應該成天膩在一起，更何況女人應該要把腦子放清醒一點，若即若離帶點距離感，才能讓男人愛戀著妳。也或許我在提高自己的價值或是害怕……

白天各自工作的我們，晚上約了一家由焚化爐所改造的空中旋轉餐廳用餐，這餐廳的感覺並沒有什麼特別的，也許是媒體的力量美化了這家餐廳的質，我總覺得桌上的那塊肉好似納粹手下的屠宰冤魂，焚化爐裡的陰靈正看著妳食用他們的身體，一刀一刀切割著二次的傷害，那是令人做噁的。

在喝著紅酒的時候，陳凱拿了一本藝術雜誌給我看，裡面有他上個月在海洋博物館的展覽作品，他用一般人丟棄的印表機做了似魚非魚的形象觀念，並在周圍擺列了許多奇形怪狀的貝殼，誰能想像兩者可以結合在一起成為一件藝術品呢？手機的震動提醒著我注意它的存在，是醫院打來的。國立不曉得為什麼要謊稱我是他的家屬？我也不知道他發生了什麼事會在醫院裡？這是令我擔心的……陳凱好心的送我到馬偕醫院，「不用我陪妳嗎？」「不用了……」我讓陳凱走了，心裡有一種不想讓他認識國立的想法。是認為像陳凱這樣搞藝術的男人應該跟高尚一點的人交朋友？還是我怕國立知道陳凱的存在呢？

走進急診室，國立吊著點滴跟我微笑招手，他的臉有一點淤青，但那並不會使他的魅力削減幾分，因為從幾個護士偷瞄他的眼神裡，就知道這些悶騷女人的心裡嘀咕。「妳終於來了……我快悶死了……」國立坐了起來看著我，

「我什麼時候變成你的未婚妻？」他沒有回答我，觀察了旁邊的一位醫生走離急診室後，他拔掉手上的點滴，拉著我的手快步離開急診室。「你幹嘛啊！」我生氣的對他吼著。這個男人讓我提心吊膽的來到醫院，現在又莫名其妙的拉著我走，我真搞不明白他！

他攔了計程車，指示司機往天母他家開去。「是不是跟人家打架啦？你的車子呢？」我問著他。「一次不要問我太多問題！我好累，想睡一會兒……」他歪了頭倒向我的肩膀靠著，我腦子轉動著一圈的問號，不知道他又惹了什麼禍？也不知道自己為什麼那麼在乎他？國立對我而言是一團謎，亂著我、擾著我，是我生活上的不平衡點，遇到麻煩事我總是第一個倒楣，我好像是他的姊姊、他媽……在大學時我們就很聊得來，常翹課、鬧老師、指證教授的教學方針，所有的同學都以為我們是搞革命鬥爭的男女朋友，被政府下逐客令時可以一起流亡的鴛鴦情人，我們也曾經搞過駭客遊戲，導入銀行的金銀島，卻又覺得無聊的關了機。如果在那白色恐怖時代裡，我們肯定要進監牢的！思想意識有時候是故意讓它走偏激路線的，我們笑看李登輝搞垮連戰和宋楚瑜，又無奈進入浮亂的扁帽世界，政治、文化、社會、經濟在我們的腦子一轉都是扭曲猙獰無所謂的。

國立進了屋帶我走上二樓的大廳後要我自便，他就這樣開了他的房門進了浴室去洗澡了，在大廳裡我又如何自便呢？除了聖誕夜那晚的神父形象和多金男女的派對記憶外，其實這還是我第二次來國立的家，說我們熟又不熟的……我們從不跟對方透露家裡的事，他從沒問我，我則等待他的傾訴。他裸著身體從煙氣瀰漫的浴室裡走了出來，「你起碼也帶上一片葉子吧！」我對國立說著。「又何必呢？這麼好的東西只有你這女人不懂欣賞！」國立笑著回了我，真是個自大的傢伙。「去洗澡吧！」他穿好衣服向我遞了一條浴巾，我有點遲疑。「放心吧！沒別得意思，跟你在一起我絕對是個君子！」國立的說法有點令我擔心，但卻讓我相信的走進了浴室。

在浴室裡我看到了一張小男孩的相片，好像是國立小時候的相片，但又不很確定，洗了澡出來後的確是舒爽許多，讓我不再對他有那麼高的警戒心，「那張相片是你嗎？」「是啊！」他咬著蓮霧說著。並且替我送上了一杯咖啡，「哇，謝謝……」他知道我酗咖啡的習慣，我從不勸人戒菸，因為我知道戒咖啡一定是一件很痛苦的事。他告訴我在Pub打了人，因為酒精作祟讓他發洩了一番，而他的車子也成了他棒下的出氣廢鐵，「有錢也別這樣糟蹋……捐點出來給創世基金也好啊！」我對他的行為不能諒解。「妳還真的以為我砸了車子啊！」他說完了接著就一陣大笑，原來車子拿去借Amy了……而他在醫院逃跑的原因始終沒跟我說。

我在他的書櫃裡找不到其他的相片，沒有任何記憶的殘留，除了浴室裡的那張，「你跟于真的結婚照呢？」我問著他，「沒拍！」真是一個怪人，「于真也不會抗議嗎？」國立看著我，跟我說了于真的事，那個美麗的混血兒只是他讓于真離開的強心針，要于真從他身邊離開的徹底。「是嗎？」現在人真的把婚姻視為一種遊戲，未嚐時好奇，嚐了之後又覺得無趣，這『無趣』的背後又有千百種理由，而『個性不合』往往是這千百種理由的第一名婚姻殺手。「那性呢？」他問我，「那愛呢？」我問他。「這也是結束婚姻的其他兩種理由！」國立的見解我也認同，他說『出軌』是維持婚姻的另一個橋樑，男女在一起久了，對彼此的性引力不再那麼強烈，甚至漸漸消逝，如果隱滿著對方和別人發生關係，也許就是為了不傷害對方才有的行為，人們才可以從另一個心境裡求得滿足。我想著國立對我說的話，他的臨床經驗可以在大學裡授課賺鐘點，不知道他有沒有發現自己的長才。

這兩個禮拜我都沉浸在愛的漩渦裡，和陳凱在性與愛的協調矛盾上做研究，沒有撥過一通電話給國立，讓我省了電話費是小事，可是看著他的模樣，我知道他這十幾天來一定過得不好，我的確是有點愧疚、有點心疼他，至於陳凱現在在做什麼我也不那麼關心了，在乎的是擺放在浴室內的那張相片，一種男孩眼裡所透露出陰冷淺笑——

【卷十四】

# 城裡，軟弱的我

我真的需要一個男人嗎？
這個男人是誰？我等待的又是誰？
這房，看起來好空蕩，俘虜著軟弱的我……

## 孤寂的空間——等待的男人

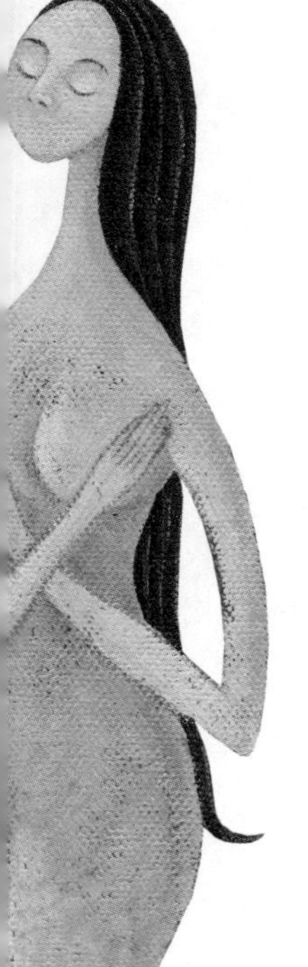

「什麼時候帶我去你的工作的地方看看啊？」我在床上問著陳凱。「這麼想知道啊？」陳凱起身穿著衣服說著，「當然，你是我的男朋友，關於你的事情我當然想知道囉。」我注意陳凱臉上的表情，看看他怎麼回答我？當他還沒說話的時候，國立的電話打斷了我們的話題，「是我，方便說話嗎？」國立的聲音聽起來像是感冒了，「你有點鼻音耶，是不是感冒啦？」我擔心的問著國立。「嗯，有點。我想問你要不要一起吃早餐？」「早餐啊？」我發現陳凱在注意我跟國立的對話，「不然我等一下去店裡找你，OK？」「好啊！那待會兒見。」國立掛上了電話，我也假裝若無其事的將手機放在一邊。陳凱卻在這時候走到床邊拿起我的手機。「你要幹嘛啊？」我把手機搶了回來。「我看看是誰打電話給你啊！」陳凱坐在床上看著我，「我不能給你看。」「為什麼？難不成做了什麼虧心事？」陳凱這樣對我說話，讓我聽了很不高興。「我才沒有做虧心事呢，只是這是我的隱私嘛，你該尊重我才對。」我的語氣有些強硬。陳凱臉上顯得不悅，沒說話一股氣的用兩手抱緊我，吻著我。那樣吻像是警告，很激烈，很刺熱。他壓在我身上看著我，「我希望妳別欺騙我……」為什麼陳凱會說出這麼反常的話，只是一通電話他的反應竟然這麼激烈。「陳凱……你是我的男朋友，我怎麼會欺騙你呢？」我安慰著他。

陳凱把我擁在胸口，摸著我的臉頰對我說著：「我真的很喜歡妳，當我知道你找過我好幾次……甚至追蹤過我，妳知道我聽了有多高興……」靠著陳凱，這麼近的瞧著他，我才發現他眼裡的自信是偽裝的，他長得這麼好看又有才華，為什麼對自己會那麼沒信心呢？其實想想我也算幸運，要是在大學，他早就已經死會了，他跟國立一樣都擁有吸引女人的某種特質，那樣的特質……不，跟國立是不同的，國立跟我之間的頻率有猶豫和不確定，只能是朋友，而陳凱……我沒顧慮太多就跟他在一起了，所以那是不一樣的。「他是我的好朋友，我跟他的關係就只是朋友，陳凱，我沒有騙你。」我告訴陳凱這是實話，希望陳凱聽了能安心。「我相信妳。」陳凱替我蓋好被子準備去工作，「我們再通電話。」「好」直到陳凱關上了門，我的心像是解開繩索般的輕鬆許多。

陳凱一走我便梳洗一番趕緊出發去國立的店裡，到了店裡卻沒看見國立，反而是Amy在對我招著手，我雖然不討厭她，但她抽煙的樣子我不太喜歡，老把自己搞得那麼豔，看起來就很不好相處。今天她穿了整套的皮質衣料，一眼望去全都是高檔貨，她真的很喜歡紅色，當人家的情婦果真是取之不盡，能跟對方要什麼就盡量的要，反正和她搞外遇的男人有的是錢，可換做是我，打死我也不跟那種老男人上床，光是用想的就覺得不舒服。

「Sora！」「嗨！Amy，今天不用上班啊？」看著她臉上的濃妝，我只能想出這一句問候的話，「不用、不用！今天我特休，不受人管。」Amy將煙給熄了，這時候小莉端著一杯曼巴給我，「謝謝……」我輕啜了一口懷疑的看著咖啡，Amy看著我臉上的表情問著：「怎麼？味道不對啦？」「這不是藍山……」

一陣笑聲從吧台傳來，原來是國立串通好這群人來故意試探我的味覺，「藍山來囉！」國立帥氣的把藍山放在我桌上，「真是的，你剛剛躲去哪裡啦？」我問著國立，「我剛剛看見妳過馬路，才故意躲在吧台底下的！」國立點著煙說著，並在我身邊坐了下來，他轉過頭來一直盯著我看，「看什麼？」我問國立，他搖搖頭笑著，又吐了一口煙，彷彿在打量什麼，「沒有……只是看妳有沒有被人欺負。」國立他常常說一些暗示性的話，聽久了會覺得他是故意的，「我看Sora是被你顏國立欺負的吧！」「Amy說得沒錯，記得第一次見到國立的時候，那是在上『希臘戲劇史』的課吧，國立就偷偷的把我的報告拿走，害我被老師唸說我沒交報告。」我對著Amy告狀。

「小姐，那是我看妳太悶了才跟妳開的玩笑的，這麼記仇啊！」國立捏著我的臉頰，「好痛喔……」我掰開他的手。「開學一個月才來上課，一上課就捉弄人家，後來要不是靠著我詳細的筆記，我相信那堂課你早就被當掉了！」我也捏了國立的臉頰對他說著，「哈啾！」國立打了一個大噴嚏，感冒還能這麼皮，真是報應，鼻子唏唏嗾嗾的還在跟我玩。「好了啦，還要不要做生意啊，哪有老闆跟朋友在店裡鬧來鬧去的啊！」Amy取笑著國立，「就是嘛！」我附和著Amy。

Amy在店裡沒待多久又被那個老男人給載走了，不知道為什麼？她的臉上充滿了快樂，沒有一絲不甘願的感覺，這個江董到底有什麼魅力可以讓Amy這麼的聽話呢？「妳是不是不喜歡Amy？」國立問了我心裡的感覺，我不可能說謊的，「對不起……她是你的朋友我還……對她有這樣的感覺很抱歉。」我只好誠實的告訴國立我對Amy的感覺了，雖然不討厭但無法喜歡，「不要跟我對不起，那不是妳的錯，多數的人看了她這樣又怎麼會喜歡她呢？好好的一個人跑去做人家的情婦，我也說過她了，但那是她選擇的。」國立是一個很重視朋友的人，就如他跟我說的，他朋友雖然多，但並不是每一個人都那麼誠懇，

「Amy跟我們一樣是同一種人，以後妳就知道了！」是嗎？國立這麼判斷不會有誤差嗎？我們三個人怎麼會是同一種人呢？「以前在班上我看Amy是個獨來獨往的人，後來你怎麼跟她熟的呢？」國立摸摸我的頭說著：「妳以前不也是常常一個人，會跟我做朋友的都有這種特性不是嗎？」「裝什麼神秘嘛，不跟人家說就算了。別再抽煙了啦！」原本要再拿香菸出來抽的國立被我給擋下了。

「有沒有去看醫生啊？」我轉移了話題，「不用，看見妳就好啦。」「不行啦，不然我們現在就去掛號，反正榮總那麼近，嫌麻煩的話，我們找個診所看一下也好嘛。」「我說了我不想看醫生！」國立不耐煩的說。「好啦，不去就不去，我請小莉弄杯熱水給你喝，多喝點開水對身體好。」生了病的人難免情緒會不好，雖然國立說話的口氣有些不耐煩，但我都能體諒。他也很聽話，把我從吧台拿來的開水，一下子就給灌進了喉嚨裡去。

「那我上去了！」我在國立的車上跟他說著話，希望他能夠顧好自己的身

體。「謝謝妳關心我……」國立摘下墨鏡對我微笑，「自己的身體不要逞強，我又不是一天到晚在你的身邊，我還要工作呢！一個大男人還不懂得怎麼照顧身體……」我說完話準備下車時，國立突然叫住我，「琳……」「嗯…怎麼啦？」我望著國立等待他要跟我說的話，「有沒有可能？」為什麼他又欲言又止的呢？「你想問我什麼？」「沒有！只要妳過得快樂就好了！」國立把話給吞了回去。只要我快樂就好了……看著他車子駛遠的方向，我猜想著他那句話後面的真正意義，這句話也是我對國立的希望，我也希望他能過得快樂。

窗外，還是冷天，已是深夜，卻等不到陳凱的電話，又是孤零的我倚在床上側躺著，我真需要一個男人嗎？這個男人是誰？我等待的又是誰？這房，看起來好空蕩，俘虜著軟弱的我，哼……我的確很軟弱，在這孤獨的城裡，誰又能堅強呢？風呀，吹開了我的簾子，瘋啊，那是心底的謎，我憂鬱的解不開，解不開，陳凱，給我一通電話吧。

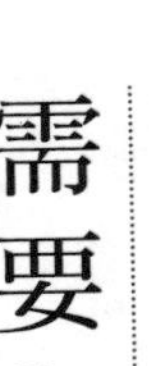

【卷十五】

哭泣的玫瑰——再見我的父親

# 需要你的擁抱

……那花式咖啡的雙重性格，令你迷惑摸不著方向，
善變的享樂個性以為是時尚的追隨者，外表華麗竟嚐不到咖啡的好味道，
是你選擇的不是嗎？

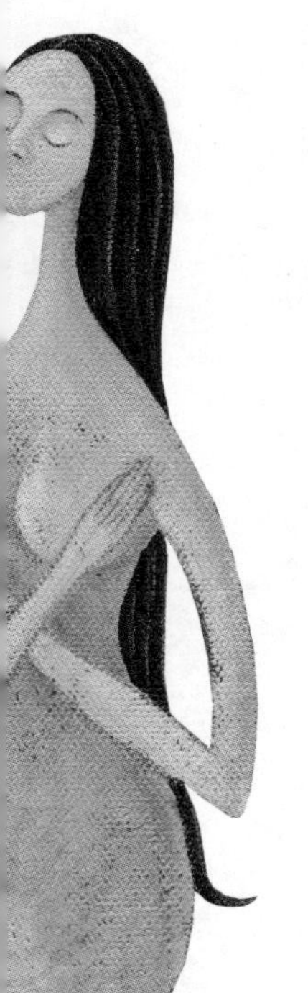

他突然消失了——去了哪裡了？為什麼不告而別？我猜不透陳凱會做出這樣的事？電話打不進，又怎麼找到他的人呢？是我自己太傻了，如今找不到他才讓我有時間思考，跟他交往兩個月，不知道他的家長成什麼樣子？只知道我曾經追逐到那誠品大樓底下，猜測他所住的樓層……陳凱，你到底在想什麼？如此陌生的一個男人令我痴狂，我坐立不安的樣子，自己看了也覺得厭煩！整整三天，這個人有如空氣、有如泡沫……我開始犯了急躁的病。

站在凱悅飯店前，兩個侍者為我開了門，我的心在顫抖，臉色蒼白，一個長得不錯的女人如果有這種不定的心情是該躲在家裡的，要是讓認識的人見到了，豈不破壞了形象，若是遇到一個讓你心動的男人，豈不失了機會。我現在還是有機會打倒擋的，「Sora……」來不及了，我六十多歲的父親站在我面前，他西裝筆挺對我微笑，「嗨……」我的嘴裡好不容易擠出一個對他打招呼的字眼。他老了還是這麼迷人，熟知養生之道的他外表看起來只有五十歲，就算跟他不太有來往，我也能感覺到他過得還不錯。

「過得好嗎？」我父親的口氣聽起來像關心，但我心裡卻是在否認，「不錯……」其實我不知道該跟他說什麼？今天是他的生日，我什麼禮物都沒買給他，我承認我是有點故意，已經在上前菜了，我們沒聊幾句話，因為我根本不想見到他。從十歲起就要叫的阿姨終於從馬桶的深處爬了出來，高貴的走到我們的座位上，她的笑容很親切，五十幾歲的女人氣質如此之好，衣著也不過氣、不花俏，在年輕時的確算得上是一位美女。坐我旁邊和我同父異母的弟弟洋腔洋調讓我想捶他，他從小就到國外唸書，看起來不是很長進的樣子，就是因為他的年齡才讓我推算出父親外遇的時間，差我不到三歲，可見我母親結婚之後並不能超過四年留住她丈夫的心，這是可悲的。

「我們要到美國去了……」這一句話我並不感到驚訝，從此後我也許就可以和他脫離關係了，不用愧疚的沒去拜訪他，也不用擔心他身體的狀況，畢竟在四個人的晚餐裡，我感到自己像是客人，他們對我真是客氣，怕我發火、怕我僵了局弄擰了氣氛，所以我顯得沉默，好讓我自己看起來有些修養。「一路順風。」我笑了，我笑著對我父親說著，希望他們都能過得幸福，這是父親第一次聽到我寬容的對他們祝福。我快要坐不住了……這樣兩個小時的晚餐實在太久。終於結束了，父親請一位侍者為我送上一束玫瑰花，紅得艷麗、紅得灑脫……什麼時候外面下了雨了?下得如此急驟……「我們送妳回山上吧，下這麼大雨……」「不用了，我朋友會來接我……」我對父親撒了謊。他們離開了，賓士車裡有一家人將要到美國去了，他們可以不用憂慮對岸的國家何時會打過來……輪胎轉動著地上的雨水、雨刷掃去糾纏不清的關係，我的父親再見了——

有些慌張、有些失落…現在的我覺得好奇怪，眼淚怎麼都止不住……滴落在紅色的玫瑰上。「小姐，你要去哪裡?」計程車司機帶我繞了幾分鐘後還是忍不住的問了我，我能去哪裡?陳凱，我好想你喔……你到底在哪裡?現在的我真的不知道要去哪裡？「到天母去……」我想去找國立，也許他是我的備胎，也許他是我傾吐心事的朋友。

「Sora……」國立終於回來了，我全身溼透，冷得蹲縮在一旁，國立一看到我就緊緊的抱著我，「你在這裡多久了？」他邊開門邊對我問著。「兩三個小時了吧……我也不知道等那麼久了……」我發抖的說著。國立的眼裡有種對我的心疼，我以為在同一個時間裡，所有的人都離我而去了，陳凱如此、我的父親如此……而找不到國立的時候，我真的好怕……

浸泡在浴缸的熱水中我還是無法忘記父親離去的那一刻，在他的左右邊各站了妻子與孩子，而一個穿著牛仔裙、襯衫，捧著玫瑰花的女人卻站在他的面前，好像跟他沒什麼關係。我輕鬆自若的笑容想捕捉住父親對我的愧欠，想要那有妻子身份的女人知道我有多大方；還要那喝了洋墨水的弟弟知道他這個姊姊有多了不起，是個土生土長的台灣人！

國立的浴袍是有些大，但總比那冷到刺骨的襯衫好得多。「你要不要跟我說說你的故事……」國立終於問了，我們這樣六年多的朋友關係始終不介入家庭背景的交代事件中，他的問題是故意的，他要讓我發洩、他要讓我別悶在心裡，我知道他的……所以我崩潰了……哭得好慘，慘到損壞了他的Boss襯衫，指尖抓傷了他的臂膀，他用力的吻了我，彼此蠻力的火辣接吻，他知道我浴袍底下什麼都沒穿，即使那浴袍在激情的狀況下自然脫落……他溫熱的左手摸著我的臉頰，我的淚水滑過他的指縫，燈光在我的眼裡是閃爍的……他的右手抓住了我的脖子，他閉合的眼睛是一種陶醉，我從來沒有這麼近的注意過他，這是我認識的另一個國立。我們好像赤裸的孤身男女躺在一艘浮船上面，停落在無人的荒島上，儘管空中的禿鷹覬覦著我們的肉體，我們也是狂傲的交合著——

我和國立做愛了，我們劃破了友誼的界線，選擇讓自己痛快的活著。他睡得很沉，他那張臉真的很像娃娃，身體沒有什麼缺陷，一顆痣都找不到，我開始想著自己是他的第幾個女人？這樣的想法讓我覺得很蠢，有誰還會在乎這樣的數字呢？我的頭好痛……因為我在想陳凱，如果他知道我跟別人上床了他會怎麼想我？想我是個縱慾、不檢點的女人……那又如何呢！他消失了不是嗎？我還想他做什麼呢？

天已經亮了雨還沒有停，我靠在落地窗口處看到了那一束玫瑰，玫瑰被大雨折騰的不像話，它受傷了，我也是——國立的雙手從背後擁抱著我，而我找到了溫柔的倚靠——

紊亂的情愛——模糊的戀曲

【卷十六】

# 怯懦，抉擇妳的愛

苦味，咖啡的味道之一，是咖啡因裡的刺激與興奮；
它刺激著中樞神經，讓你的頭腦可清醒一些，
而有時你卻故意藉著這種刺激讓自己更加麻痺……

美國眷區的巷道垂躺著許多昨日被大雨侵擾的樹葉，這場空襲含著濃厚的警告意味，警告著永遠愛當世界領導的美國人放下脅迫性的武器，叫那軍艦退出波斯灣，好讓那水裡的生物享受安靜的海洋生活，給高喊『世界和平』口號的人們一次勝利的機會。可那武檢人員厭惡海珊的挑釁行動，擔憂『碳疽熱』病毒的粉末隱藏在世界各個角落，誰能確定伊拉克摧毀生化武器的真正悔悟，這是一場鬥智的心理戰，沒有人可以判定誰是最後的贏家？只能眼睜睜的看著人類走入白噩紀的歷史。這樣複雜的生態環境，讓人逐漸承受不起，好像陽明山此刻的山嵐故意模糊著我的視線一樣，街道不是街道、朋友不是朋友……連情人的身分也難以確定——

是我看錯了嗎？那穿著白色毛衣站在雕花鐵門旁的男人是陳凱嗎？「我等妳一夜，妳終於回來了……」陳凱的出現讓我笑不出來，他說話的聲音還是那麼的好聽，那深邃的眼神依舊是令我動情的。我哭著倒在他的懷裡，「怎麼啦……」我不回答他的問題，只是盡情的哭泣，昨夜是一場酷刑，是聖女貞德的刑場火燒折磨，灼熱、疼痛全都上了我的身，我該怎麼辦……

「情人節快樂！」陳凱送我一個圓球玻璃，我在平凡的圓球玻璃外表下，看見了極小又完整的橘色貝殼，在球體的內部裡組成漂亮的美人魚，襯著白色細砂的搖動，那人魚的尾巴好像在游動的感覺，真的很好看。「謝謝……」我的語氣顯得有些惆悵，「對不起，沒跟你說一聲就到了南部……」陳凱有意思跟我道歉，但我真的很氣他，氣他短暫的不告而別造成了他還不知道的傷害，他讓我真的很難消去心中不平衡的怒氣。「你這樣消失讓我很擔心……」我告訴他我的感受，我要讓這個男人知道這麼做是很傷女人的心的。「別生氣……」陳凱逗著我笑，用力的摟住我的腰，給我的嘴唇一個溫柔的親吻，「我為了橘色的貝殼才消失的，只是希望送妳一個親手做的禮物……對不起……」我傻住了，他是為了我才不告而別的，他想給我一個驚喜，我卻等不及的給他扣上

『感情欺騙者』的罪名，我想著他在墾丁的沙灘上尋找貝殼的辛苦，在小小的工作室裡將人魚的身體塑成完美形象的認真模樣，這一切都只是為了取悅我，而我卻是不停的猜忌著他……

「肚子餓了，我們出去吃飯吧！」陳凱要我趕快換件衣服好出門，如果他真等了一夜，那肚子肯定是極餓的，他懷疑著我手機鈴聲響個不停卻不接的漠視，那是國立的號碼，現在的我怎麼可能去理會呢……我脫去了身上的衣服，黑色的胸罩包裹住深隱的溫柔敞開在白色空間裡，散發著蠱惑男人的魅力，陳凱是忍不住的。他將百葉窗拉下，音樂轉開……他用雙手將我的內衣鬆去，我也任他擺佈的撩去我的底褲，不知道為什麼我的腦裡閃過國立看著我的臉？此時我不聽使喚的手卻將陳凱給推開了，他有些訝異的看著我，他不敢置信的模樣讓我覺得有些害怕……陳凱不管我感受的將我抱上床去，迅速的拉開他自己的衣服，他扮演著強暴犯的角色，讓我不得不屈服，我的掙扎是沒有用處的，慢慢的那熟悉的感覺又回來了，他是陳凱……我想念的陳凱，「我好想妳……」陳凱對我說著我在乎的話語——「別再離開我了……」我對他輕聲的提醒著並瘋狂的吻著這個男人。

國立無所謂的笑著，「你別這樣……」我受不了他的那種笑容，在風華咖啡館裡，我對國立提出一個嚴肅的問題，我跟他不能再有逾越友誼的行徑了。「那天是我太沮喪了……」我對和他做愛的行為下了一個註解。而他喝著咖啡、點著香煙聽著我自以為是的說法。「妳緊張什麼？我又沒要妳負責。」國立的玩笑一點都不有趣，「我只是心疼妳在壓抑著自己……我想妳是愛我的。」國立吐了一口煙說著，他想要把我嗆死才甘願，「我不管你怎麼想，反正我們的關係還是跟以前一樣……」我說的很認真。「關係是不可能跟以前一樣的！」國立看著我。「除非你給我一個能說服我的理由……」國立的要求為什麼讓我說不出口呢？我其實可以告訴他我有男朋友，這樣不就解決了嗎？「因為我們是好朋友……」我說得有些吞吐。「不對！是妳有另一個男人了！」他就這樣拆穿我，一點顏面都不給我，這個自私的傢伙，只要說出自己爽的話就好了，可是從他嘴裡說出的這句話為什麼讓我這麼難受呢？我穿上外套，直接步出咖啡館，「Sora……」剛到門口的Amy叫住我。「妳的臉色不太好看……」Amy看著我，而我卻不知如何反應……國立也從咖啡館裡走了出來，「小姐，妳的皮包都不要啦！」國立拿著我遺忘的皮包對我說著。「謝謝……」我說話的時候，Amy看我的眼神老讓我覺得不自在。「我送妳回去……」「不用了……」我拒絕了國立，跟Amy說有事要先走，腦子裡轉著國立說著的那一句話，他是怎麼猜測的……

Amy追上我要我陪她去逛街，我想她是一個體貼的人，知道我跟國立有些鬧僵，帶著安慰我的心情陪我。「你們上床了？」Amy的問話很直接，讓我不得不承認。「我也不知道怎麼會變成這樣……」我無奈的口氣似乎不太能取信Amy。「早知道你們有一天會控制不住的！」Amy輕鬆地說著。她告訴我，國立跟于真結婚的時候她自己都不敢相信，她認為我跟國立才是該走上紅毯的那一對，也許那是國立對我用的激將法，結果在我身上不適用，反而國立自己中了自己的圈套。「不可能，如果國立喜歡我，他早就說了！」我對Amy的推理有些看法，「妳應該了解他的不是嗎？」Amy拿著衣服進去換衣間試穿著。我是了解國立的，如果他喜歡我的確不會跟我說的……因為他知道我怕傷了跟他之間的友誼，這不就是我一直都很在乎的事嗎？

我必須要清楚自己在做什麼？否則有可能同時傷了兩個男人。晚上八點多的時間，我又回到了風華咖啡館，從門外看進去，那個曾經和國立在廁所裡浸慾的混血兒正和國立說著話，他在國立的臉頰親了一下後便朝門口走出，她看了我一眼後離去。她很帥氣，可能是被國立甩了，也可能是她甩了國立，或著是國立還繼續玩著多角戀人的把戲。

「我的男朋友叫陳凱……」我對國立說了。國立沒有任何表情，我看不出來

那是生氣還是不以為然。他開著車眼睛直視前方，「他對你好嗎？」國立問得我心酸，「對我很好……」我看著窗外的來往行車，悄悄拭去眼角的淚水，國立將車子停在一旁，他冰冷的右手握著我的左手對我說著：「放心吧……小傻瓜，我們還是跟以前一樣……」。國立，我的好朋友，當我需要他的時候他總會出現——

【卷十七】

# 溫泉旅館幸福的疑問——相信愛情

## Amy

幸福是什麼？
什麼時候會來？

「Amy……我這樣做對嗎？」忐忑不安的心境我只能對Amy說了，「既然都已經做選擇了，為什麼還要猶豫呢？」Amy問著我。因為心裡難過，就約了Amy來到了溫泉旅館，我以為來到渡假中心，會比較沒有壓力，沒想到跟Amy一起泡著溫泉，還是不能讓心情好一點，「現在你唯一要做的就是別亂想啦，就這樣吧，以後不喜歡再換嘛！」Amy說得好乾脆啊，「我又不是妳，怎麼說換就換啊……」我發現好像說錯話了，Amy擰乾了熱毛巾敷在臉上仰躺著，她沒有回應我，「Amy……」我真怕她生氣，輕輕叫著她。「沒關係……妳說的也是事實嘛，反正很多人都這麼看我的。」Amy這句話我聽出來她說得有點難過，有時候我真的很自以為是，說話也不會想清楚。「Sora，妳老實告訴我，妳認為大學的時候我是一個什麼樣的人？」Amy拿下毛巾，將溫泉裡的水往身上潑著，而她的問題對我而言還真是有點難度，「妳……在學校對妳的印象比較模糊耶……」我對Amy說，「可是，我卻對妳印象深刻喔！」「我？」我真的有點訝異。「是啊，做事認真活得很積極，卻不快樂！」我沒有反駁Amy的話，拿了一旁的礦泉水喝著，「妳知道我為什麼會那麼喜歡妳嗎？」Amy說她喜歡我，真吃驚，我繼續聽她說著，「因為我喜歡妳的個性，很容易專心，也不喜歡跟別人打交道，是一個很獨立的人，哪像我，很依賴別人，是一個很怕獨處的人，說穿了就是無法忍受寂寞。」Amy不喜歡獨處……其實我也是這樣的人，只是我沒有辦法，我只能試著去和寂寞共處，否則呢？我又能怎樣？

「我不是妳想像的那麼獨立，我只是在硬撐罷了，能撐多久我也不知道？」我坦白跟Amy說了，「是這樣嗎？國立真的沒說錯。」「國立說了什麼？」我看著Amy問，Amy瞧了我一眼回答著：「國立說妳需要人陪，所以他必須常常出現，這樣妳才不會害怕……」我愣了，「他不需要這麼做，感覺很像在同情我，沒有他……我也還是好好的。」「妳也不需要嘴硬，國立看得很開，他說只要妳找到適合的人，他就會離開。我是不知道妳跟國立的關係為什麼那麼奇怪

……不過我知道他處處都在為妳著想，說真的，難道他跟于真結婚的時候，妳一點感覺都沒有嗎？」我好一會兒不說話，我記得國立結婚的前一夜，他跟我在泳池邊聊著，他問我幸福是什麼？什麼時候會來？我告訴他……幸福就是看見他找到愛的人，而且第二天就會來到，他卻說我錯了，直到看見他牽著于真進入了禮堂，我才知道我錯在哪裡。

泡了溫泉，我跟Amy在旅館的露天酒吧喝著飲料，幾盞的黃澄藝術燈直挺挺的站在那裡守衛著，木製桌椅隨處置放，許多城市來的男男女女，為了尋求心靈的休憩站，大老遠的從台北花了兩個多小時來到了這家溫泉旅館，我肯定有些是來偷情的，其中靠近吧台的一對夫妻引起了我的注意，他們的年紀看上去應該有六、七十歲的年齡了，會來到這裡渡假還真的需要有好感情呢，老先生蹲在一旁幫老太太的襪子往上提，還幫她拍了拍鞋子上的髒土，妥當後才坐到椅子上去。「妳在看什麼？」Amy問我，「沒有……我只是好奇什麼樣的婚姻才能夠持久？妳看那對老人家，看起來感情相當好。」Amy的頭轉過去看了看後回答了我的話，「那對老夫妻他們會那麼好，這也是要靠運氣跟機率吧！也許他們在年輕的時候各自玩夠了也說不定啊！」「那也許他們一直都很相愛呢？」Amy聳聳肩，「不知道，也許吧，起碼他們現在看起來很幸福，我也相信天底下會有一直相愛到老的人。」Amy說完對我笑著。

「其實……我不相信婚姻，我父母就是個實例，再看看國立和于真，陳凱和他的老婆……這個世界真的是太亂了……」我對Amy說著，「Sora，妳的問題呢就是想太多了，妳看看我，爸爸在我小的時候離家出走，媽媽覺得我長得醜不喜歡我而跑掉了，最後呢？我只能待在孤兒院長大，跟著一群沒有父母的孩子生活，如果妳是我，命運不是更悲慘嗎？又怎麼會去相信愛情呢？我勸妳遇到有喜歡的人還是要勇敢去爭取！雖然現在的我是個不會去認真談感情的人，不過我對婚姻還是有憧憬的。」我看著Amy，眼裡充滿著困惑，她的話有矛盾也有令她自己不解的疑問，她看起來很堅強，卻又告訴我她很依賴別人；她看起來不屑愛情，卻又渴望婚姻，而我表面上看起來是個自信活得很健康的女人，其實心裡卻是有著精神上的疾病，還遠不如她的坦然面對。如果她不把我當朋友，就不會跟我說這麼私密的話了，我真蠢，沒有用心去認識她，我看著她，發現她長得確實不錯，為什麼自己的母親會認為她醜呢？「妳媽媽真的是因為妳的長相離開妳嗎？」「是啊，所以長大後我就去整容啦，妳看我的鼻子，我以前可是塌鼻呢！」Amy笑著把臉湊近我，她真的很可愛，「整得不錯，哪天也介紹我跟那個醫生認識吧！」我和Amy開個玩笑，兩個人開始聊起女人愛美的話題。

「喂，女人！」「嗯？」Amy從浴室走出來叫著我，我關上了電視聽著她要跟說我的話，「哪天把男朋友帶出來讓我看看，我這個人可是看人很準的唷，如果是不專情的男人，我看一眼就會知道的！」Amy躺上床去蓋著被子，「好啊，我會的。」我笑著對Amy說，然後起身將房裡的燈光轉暗，讓月光從窗戶輕輕探進，靠在窗邊我想著，不知道國立現在是不是在家裡？還是在店裡……手機響了，我以為是我的電話，結果是Amy的手機聲音，真笨，自己的電話鈴聲都記不清，「喂……國立啊，喔，我跟Sora在溫泉旅館，對啊，我們出來玩！」是國立打給Amy的，他怎麼不打給我？我在計較什麼呢？不是和他說清楚了嗎？

【卷十八】

# 白色情迷

## 25歲的生日——簡單的Nobody Home

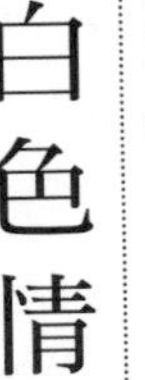

丹寧酸，咖啡的味道之二，缺了這種味道咖啡也就不成立了；
一個男人離開了心愛的女人是一種什麼樣的感覺？
沒有心酸的感覺，這愛也就不成立了……

自從和國立說清楚，也把自己的心給沉澱下來後，我告訴自己該要認真的和陳凱繼續走下去。於是我決定在25歲的生日裡，把陳凱介紹給我的朋友們認識，當然也包括國立在內。在將近三十七坪的空間裡，容納近十個人應該不算太擁擠，我稍微在自己的單身公寓裡佈置一下，西班牙風格擺飾與色彩裝飾，讓白色的義大利沙發更加突顯那股前衛風，這樣的組合應該可以讓客人的眼睛稍作停留稱讚。Amy和她的女朋友阿寶是我第一批的客人，他們進來的親密模樣讓我懷疑Amy是不是雙性戀者？她還真是個難以讓人了解的女人。Amy一手挽著短髮的阿寶，一手把全套SK2的化妝品當作生日禮物來遞送給我，估計那套化妝品也有兩三萬塊的價值。「生日快樂！My friend！」Amy對我的熱情擁抱讓我感到很開心，以前還覺得自己跟她是不同世界的兩個人，應該不會有任何交集才對，沒想到如今卻跟她這麼有話聊。

他們兩人一到就直接坐在靠窗邊的貴妃椅上，那裡的光線充足，風景優美，是我平時看書的最佳選擇，而且是一處很容易讓人忘情而入眠的好地方。阿寶的眼神一直飄忽不定，好像怕我吃了她一樣，她長得真的很像男生，身高和Amy差不多，但胸部卻和Amy相差甚遠，平的無話可說，全身乍看之下很容易讓人誤解成女人所養的的小白臉。「阿寶，我在Pub認識的朋友！」Amy驕傲的向我介紹這位女同志，到目前為止我是這麼認定她的性取向的，「妳好，我叫Sora！」我給了阿寶一個親切的微笑，試著鬆懈她的武裝表情。「妳好！」阿寶的聲音聽起來很柔，在她靦腆的笑容裡，有一種男人才有的性感神韻，難怪Amy會跟她交上朋友。

過不久，于真帶著我意想不到的男人進入了我的客廳，羅傑，那個外國男人，曾經在天母西路為我們逮住小偷的英勇男士，「怎麼會？」我不相信的笑著問于真，因為在前一晚于真就打電話告訴我要給我一個驚喜，她說要帶她的男朋友來給我認識，可我萬萬想不到竟是那個美國學校的老師。「我們是在一間美語補習班碰到的！」于真和羅傑坐在義大利的沙發上和我們聊著，「我現在就在火車站旁的美語補習班教課，當初也沒料到羅傑就是補習班的老闆！」看得出來于真心情很好，我也替她高興，原本還擔心著她要是跟國立碰上了會不會尷尬？也許是我多心了。而羅傑也很大方的透露他對于真的愛慕，他說打從那天第一眼看見于真的時候他就被于真給吸引住了，是啊，很像外國電影裡的情節，他們是那樣的熱情、敢表達，所以才不會錯失諸多美好的戀曲啊！再想想那天狂風肆虐的情景，我是多麼的落魄與混亂，還免費送給許多路人裙底風光的小費，又怎麼會引起那外國人的注意呢？

Amy對於于真的戀曲問個不停，從不真正談感情的她沒想到會問于真對愛情的一些看法，她們倆約進我的廚房裡開始幫忙煮咖啡，以前那是于真最擅長的工作，現在的她應該還沒有忘記調配咖啡的比例，讓我驚訝的是阿寶的英文程度使我完全聽不出來她是中國人，她和羅傑很有話聊，羅傑還問她有沒有興趣到她的補習班去教課，只見阿寶一副沒興趣的搖頭模樣，我看得都覺好笑，在我的生日小派對裡，竟然有人如此大膽的招募員工。

我製作人Andy忙著把許多外賣的熱食拿進廚房，他真的很熱心，他說會為我準備所有的食物，要我別掛心今晚關於吃的一切，果真到了晚上六點多的時間，讓我見到了他的用心；Andy和外送小弟拿上公寓裡的有二十道以上熱騰騰的浙江菜，另外還訂了一個十六吋的生日蛋糕，只是他忘了我幾歲？只有用一個問號蠟燭來代替我的歲數，這樣也不至拆了我已過25的底。

拉丁的熱情音樂讓我們開始享受著今晚的聯誼會，我的朋友們幾乎沒有讓我失望的打成一片，我站在窗戶旁，聽見了車子的聲音，看著陳凱的車子駛進了地下停車場，Amy俏皮的看了我一下，因為她一直就站在我的旁邊「各位，我們的男主角已經到囉！」我真受不了Amy的大聲宣嚷，這下子所有人都在調侃我，他們早就期待很久要見這位神秘客了，誰叫我大學四年都沒交過男朋友，如今談戀愛了，才會引起大家的好奇心，他們很想看看誰是我心中的最佳人選。

陳凱知道今晚不一樣，會有許多人等著他，他很知禮的沒有用我送他的鑰匙開我的門，按了電鈴後所有的人簇擁著我去門口迎接陳凱，我有點被弄得不知如何是好，所有人都盯著門口看，一開門，我用微笑迎接著我的男人，「Happy Birthday！」國立擁抱我對我說著——羅傑大聲喊著：Sora的男朋友很帥喔！在這樣的場景裡，共分了兩部分的人，一種就像阿寶、羅傑和Andy的那樣無知的人，他們想的就是他們所想的那樣，直接而不疑有它，所以會認為這個男人就是我的男朋友；而另一部份的人包括我在內，引起了于真、Amy和國立的尷尬，這時更令我錯愕的是，就在國立擁抱我的時候，陳凱抱著一束白色百合花站在我們的後面，我只能盡快的化解這樣的誤會，「謝謝……」我對國立說著，並擦過國立的肩膀走到陳凱的身邊，牽著陳凱的手進屋，「各位，這就是陳凱，我的男朋友！」

國立笑了出來，他知道是怎麼回事，直接就進入了房子裡和陳凱打招呼，Amy則機靈的擁上前來，「哈囉，陳凱你好，我是Amy！」所有的人一下子就忘記剛剛處在錯亂環節裡的奇怪窘境，每個人又開始有說有笑的進入了聯誼的動作。大家吃完了晚餐圍坐在客廳裡為我將漂亮的藝術蛋糕點上了問號的蠟燭，陳凱故意在我身旁耳語，用他的熱氣悄悄說著：「妳不要以為我不知道妳幾歲，25歲的美女！生日快樂！」這一幕我知道大家都看到了，可是我現在存有不安的思緒，擔心會影響國立的心情，也許國立避開了他不想看到的一面轉過身去和Amy說著話，我閉上了眼睛根本就不知道在胡亂許什麼願望，大家起鬨著要陳凱和我接吻，我當然是不願意有國立在的場合裡作出這種事，好像要故意向他炫耀的刺激他一樣。

陳凱卻是熱情的回應了眾人的所求，讓所有的人為我們的熱吻鼓掌喝采，這時的我偷瞄了國立一眼，看到國立對我點頭一笑，他那故意不在乎的樣子令我更加難過，真慶幸Amy的存在，她要大家坐下，請每個人對我說出祝福的話，她真像我的天使公關，因為在場的也只有她知道我跟國立發生了什麼事……

我的製作人Andy第一個為我送上祝福的話：「希望妳能有更多的創意寫出更好的劇本！」「好讓你賺更多的錢！」我接了Andy這一句話卻引起大家的笑意。羅傑希望我能快樂，他說活得快樂才能完成許多的事。這句話真的很有道理，他說完就在于真的臉頰上親了一下，國立又會怎麼想呢？一個是他的前妻，一個是和他曖昧不明的好朋友，全擠在一塊向他示威。阿寶則不知該祝福什麼的含糊說了一句「祝妳幸福！」Amy笑得很大聲，還故意要阿寶不要害羞，接著讓Amy補了一句「是祝妳性生活美滿！」「那是我的責任！」陳凱對Amy說著，大家笑成一團，我知道陳凱很有人緣，他在短短的兩個小時裡讓我的朋友們對我稱讚著他，他們都很喜歡他。

「我想對羅傑的快樂給Sora一種延續的祝福。」于真她站了起來，手裡舉著酒杯對我說著，「希望你能和喜歡的人一起過生活，那才是全世界最美好的快樂！祝福妳跟陳凱！」于真很有感觸的對我說著，「謝謝……」我也能體會她此刻的心境，對於國立她始終不能忘情。輪到國立的時候，國立向陳凱禮貌的借了我，她牽著我的手輕輕的告訴我：「要得到王子的祝福可是有條件的，可以請妳跳一支舞嗎？」國立真是大膽作風，我也不應該拒絕，這樣才不會讓別人以為我們有曖昧之情，於是在國立的帶動之下，我和他跳了舞，他小聲的告訴我：「夜晚的水邊有妳最喜歡的顏色……」我看著國立，也知道他的意思；他引著我到陳凱的身邊，讓陳凱帶著我跳完『Nobody Home』這首曲子，這張國立送我的曲子……

晚上十二點多的時間，所有的人都走了，陳凱也是，他並沒有留下來過夜，他說有工作還沒完成……我想著國立的話，走到樓下廣場旁的泳池邊，國立真的給了我一個驚喜，泳池邊全都是白色玫瑰，美得令人窒息……那是我最

喜歡的顏色、最喜歡的花朵……「希望妳的未來能夠簡單一點……」國立站在我後面對我說著，「就像妳喜歡的顏色那樣的簡單……」我並沒有轉過身去，不想讓他看到我眼裡的淚，希望他也能簡單的生活下去——

【卷十九】

# 情人的陷阱

咖啡的香味－沒有香味去吸引著人類的鼻，
又怎麼發現酸、苦並存的奇妙感；
當你和情人出現了難解的問題時，
才知道「情感」二字並不是只有「愛」這個字存在，
它還包括好多的滋味和難以說出的感受，
表面上看起來很簡單，實際確是這麼的複雜，就和咖啡一樣……

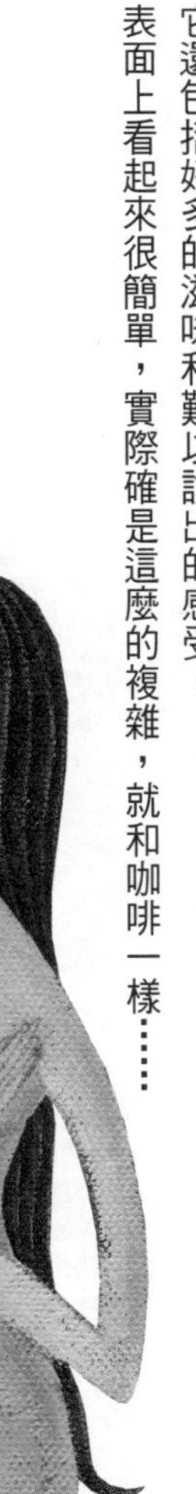

深夜十二點的鐘聲響起，灰姑娘為了隱瞞身分，急急的離開了王子的身邊，只留下一雙玻璃鞋給王子一個追尋的暗示。陳凱在這個月中開始扮演著灰姑娘的角色，讓我猜不透為何他不留下過夜的原因而堅持在十二點鐘離開？雖然我不是調查人員，但我總是有著編劇家的敏感反應，想要找到陳凱對我有所隱瞞的答案。「你又要走了？」我問了正在穿著衣服的陳凱。「對不起，下個月有個展覽，所以必須要多花一些時間在工作上面……」他微笑的對我說，眼神直視著我，這樣的男人怎麼會說謊呢？我擔心又像上次那樣誤會了他，畢竟他對我是完全的信任的。

在國立的咖啡館裡，我把對陳凱的疑問和Amy說了，「妳可要小心一點喔！」Amy用提醒或是警告的語氣對我說著，「什麼意思？」我不明白的看著Amy。「妳能確定他是個單身漢嗎？」從Amy的嘴裡冒出了這句差點令我窒息的話，那是我從沒想過的問題，陳凱絕對不會是這樣的一個男人吧？「那妳何

不去看看他工作的地方？」Amy輕鬆地對我說著。她告訴我透過陳凱的朋友或是家人，線索可能就會有可尋的。對於Amy的建議我想該是好好考慮的時候了，如果我真那麼在乎這個男人，這樣對他懷疑所作出的舉動應該是出於關心的才是，我開始催眠著自己的行為動機。

我看著吧台，國立出國已經三個禮拜了，沒有他在身邊的感覺的確是有點不習慣，「妳在想國立？」Amy看穿了我的眼，「我是在想他為什麼要去埃及？不去一些乾淨文明一點的地方……」我擔心他會吃壞了肚子，尤其他像是個長不大又對事物都充滿好奇的男人，始終讓我對他放心不下，我對Amy這樣說著。「妳有沒有可能同時愛上倆個男人呢？」Amy問了我自己都不知道的問題。不會的，該避開的已經避開了，剩下的只是很簡單的一條線了，對我而言只有陳凱才是我心中最重要的人。

我聽了Amy的建議從咖啡館出來後就來到陳凱居住的大樓底下等待著，我打了陳凱的手機並沒有通，只是不曉得守株待兔會花上我多少的時間？想著還是有點蠢，原本打算取消這個守候的行動準備離開時，卻讓我看見了吃驚的一幕，陳凱從大樓的大廳裡牽著一個大約五歲大的小女孩走了出來，我確定後面跟著他的那個長相平凡的女人是他的太太。我熟知一個道理，那就是眼前所見的並不一定是事實的全部，不過強烈的感覺促使著我確定陳凱的確如Amy所說的是一個有婦之夫，而我卻是愚昧的陷入這場戀愛遊戲當中，成為一個甘願被欺騙的笨女人。我難過不起來，眼睛一滴淚水都流不出來，只想著那個美麗的親情圖畫，五歲的女孩緊捱著父親、看著陳凱的眼神，是天真單純的快樂，優雅端莊的妻子跟隨在身後，溫馴安靜地看著自己丈夫，是一種美滿的幸福，那副圖畫，充滿著朋友們在我生日派對裡給我的所有祝福，惟獨缺少一個簡單的顏色——

我選擇了國賓飯店當作療傷的所在，手機關起，三天不進食也不出門，並沒有做任何的事，腦子裡一片空白，最後想開不該如此折磨自己，決定提起精神去找Amy好好跟她聊一聊，我是記得按了Amy家的電鈴，但不記得醒來後為什麼是在Amy的床上。我睜開了眼，模糊的看了房子的四周，在床邊的雙人沙發上，Amy裸著身體和阿寶互相撫摸著對方，果真確定了阿寶同性戀的身分，他們激情的擁吻，真像是一對熱戀中的情人，兩人也真是不避諱，不怕我醒來看到她們的親密舉動…後來的我不曉得怎麼又睡著了，好像嗑了不該嗑的東西一樣，似夢非夢的活在這世界上。

深夜十一點多我終於清醒，幾天不睡覺，一睡就好像是活死人一樣的沉靜，肚子餓地找著廚房裡是否有可以進食的東西？Amy從浴室洗了澡出來，笑我還會找東西吃，表示我還沒有完全被擊垮是有救的。她為我弄了一盤還不錯吃的蕃茄炒飯，讓我快些恢復體力。「妳要看開些，愛情這個玩意兒沒有對或錯，認了吧！」Amy告訴我，她從不跟男人深交的原因就是不相信男人的愛，所以她選擇和情人們玩遊戲，不管性別，只在乎在一起的感覺對不對。Amy好奇怪，不相信男人卻又渴望婚姻，她真的是把我弄糊塗了。在這世界上一個人有可能存在著多重身分，情婦也好、情夫也罷，誰叫我們都是有感情的動物呢！她要跟我說的是這個意思嗎？

Amy舉例對我坦白她曾經玩過3P遊戲，「當倆個男人覬覦著妳的肉體的時候，妳就完全擁有掌控局面的權利，挑逗著他們、蠱惑著他們，用熱體在他們的身上滾動，讓他們受不了放蕩的衝動……」Amy可以讓他們得逞半刻鐘，也可以讓他們無法進入深處時發生極盡崩潰地情緒，Amy繼續說著：「當一個男人看著妳淫亂地和另一個男人交媾時，他肯定是一邊用自己的雙手安慰著硬挺的兄弟，一邊則期待著換手的時刻……」我傻了眼的看著Amy，如果我是心理醫生，我一定會就地對她進行心理治療，有什麼樣的性愛她還沒有嚐過呢？在她的眼裡有一種勝利驕傲的眼神，不，是一種怨恨的不滿，她到底是誰？

逃了四天，我回到了山上自己的窩，一開門卻看到陳凱坐在那張貴妃椅上，陳凱一個勁兒的抱起我，「妳去哪裡了？」他滿臉鬍渣，看起來比我還憔悴，他沒有資格有這樣的情緒啊……「告訴我……你結婚了……」我用微弱的口氣問著陳凱，陳凱有些嚇到的神情，他慢慢地鬆開了我，對我說著：「沒錯……我結婚了……」我是該慶幸他遲來的誠實還是該賞他一巴掌呢？「那你跟我在一起的理由是什麼？你準備瞞我到什麼時候？」我問著失了魂的陳凱，「對不起……」男人在這個時候犯了錯，就只會說出這樣不負責認的三個字嗎？

他的太太和孩子從高雄上來看他，所以他才會成為半夜裡的灰姑娘，陳凱說跟我在一起是他的意料之外，他並不是故意讓我成為他婚姻的第三者，只是情不自禁的喜歡上我……他和我曾經寫過的角色一樣，說出那樣令我不意外的對白，「那接下來呢？」我問著他該怎麼處理我跟他的感情，對我而言，『性』不可能只因為『要』而存在，這也是我對國立堅持過的理論，「我並不是因為想和妳發生關係才跟妳在一起……」陳凱有些慌了的說著。「那你就可以欺騙我所有的朋友？」我生氣了，生氣自己大費周章的將他介紹給我朋友們認識，如今變成一場笑話。

「你走吧……」我要陳凱離開我的視線，我不想再看到他那多情哀怨的眼，不想再聽到他那溫柔好聽的聲音，雖然不捨，但這是一個聰明的決定，擁有智慧的女人是該跟他斷得乾脆！這樣我就可以從情婦的角色裡脫離，可以對他的女兒、妻子不那麼愧疚，更可以證明我是一個感情的失敗者……我要遠離伊甸園的童話世界——

【卷二十】

# 錯怪的第三者

## 不完美的愛——未盡的情愫

I struggle to put it together in a way that we are on separate roads……
It is clear to me now that we have been moving towards each other……
Toward those four days, all of our lives……

這是麥迪遜之橋電影裡經典的詮釋，
有人說這部電影美化了外遇，也有人說這部電影讓外遇的人們更有了藉口，
但我說這部電影讓人知道u愛v是有遺憾的——
縱使倆人最後不能在一起，但在他們的人生裡享受了四天的愛的真諦——

陳凱在我的樓下等了一夜，我實在很不忍地讓他再次進入了我的房門，為什麼感覺受到打擊的是他而不是我？「我想跟妳談談……」他小心地對我說著。「好吧……」我想自己心中也有許多解不開的結，如果溝通能讓彼此分得徹底又有什麼不好呢？「我想我是愛上妳了……雖然現在的我沒資格說出這樣的話……」我不明白陳凱說這句話是什麼意思？「難道剛開始你是抱著玩玩的心情嗎？」我問了他，希望他能說實話，女人在這時候顯得蠢笨，明明知道實話有時是很傷人的。「我承認……」陳凱吐出了真言，他說了他是喜歡我的，但不知不覺地愛上了我，「跟妳在一起的感覺很好……我跟我老婆從來沒有這樣的感受……」。

陳凱在跟我開玩笑嗎？誰不知道你們這些男人心理在想什麼？丈夫、妻子、孩子是一個家庭組成的重要元素，怎能說丟就丟呢？缺了一個都將是不完美的啊。男人和女人之間的『起初』總是天底下最新鮮的事，熱戀期的感受總是不能言喻的，論及結婚都以墳墓的字眼加以冠上，會出現問題總是在『習慣』之後，從習慣而漸漸成了疲乏……這好像已成了一種定律了，得證的結果論都以第三者來加以調適婚姻的生活做基準，難怪書局到處都是婚姻諮詢的書籍，真是讓這些作者貪足了便宜。對我而言這些專家全都是狗屁！戴著高帽就可謊稱身高多人十公分嗎？許多兩性專家還不都是家庭婚姻的不幸福者，在電視節目中高談闊論的去分析別人，真是低級的節目企劃，這種節目的製作人該好好的反省了。

沉默了近三十分鐘，我真的不知道如何反應？「再繼續下去會很痛苦……」我希望陳凱能諒解我這樣的決定，他聽了只是尷尬的一笑，然後就把鑰匙交還給我了，我們甚至連再見都沒有說。我真的好堅強，我為自己的堅強感到驕傲。陳凱走了之後，我放著馬友友的音樂洗著熱水澡，我放鬆了自己。我相信自此後對於男人我會更加小心，我相信自此後應該不會被騙上當，我要好好的生活下去。

果真一夜的沉澱讓我睡得很好，準備要打開電腦開始寫作的同時卻接了一通奇怪的電話，「妳好，我姓王……是陳凱的太太……」一大早的好心情就這樣被打擾了，她怎麼會知道我跟陳凱的事情…而且還有我的電話號碼。我掛起電話換了衣服準備去和她見面，我想以『老婆的身份』她可能會潑我硫酸吧？現在的我是帶著忐忑不安的心出門的。台北對她而言是個陌生的城市，所以我說我會去找她。我們約在誠品大樓的地下咖啡館裡見了面，我曾經看過她，所以知道坐在窗戶角落旁的那個女人就是陳凱的太太。「妳是林琳小姐……」她對我親切的問候，讓我有些羞愧。「不好意思讓妳跑一趟……」她對我真的是客氣的可以，我對她約我的舉動充滿了諸多的問號。「對不起，因為我先生的事，約了妳見面……」她對我道歉，這是故意的嗎?這個女人真的是很奇怪，明知道我是他們的第三者還這樣調侃我，真是有心機。

「上次我先生回高雄的時候，他的心情真的很好，沒想到他會為了撿橘色貝殼帶我到墾丁的沙灘上……」王瑩心平氣和的說著這個讓我印象深刻的事件，我知道陳凱後來是把橘色貝殼的作品送給了我，但不曉得王瑩知不知道這件事情？「妳和他的事昨天他都跟我說了……」「陳凱怎麼會？」我不解的看著王瑩。未等她接下去說，我就忍不住的告訴王瑩：「我跟他在一起是個錯誤……是我對不起妳……」「妳不知道他結婚了又有什麼錯呢？」王瑩笑著看我「聽我說，妳並不是第三者，因為我跟陳凱早就沒有夫妻之實了……」。

今天，我聽了一個不可思議的故事，王瑩早在三年前就已經為了另一個男人和陳凱分居了，陳凱的偉大成全只要求王瑩一件事，那就是他的父母還在這世上時就不能談離婚，為了不讓父母擔心，倆人一直都有默契的協議過生活，當然王瑩的男朋友也答應這個要求，他們不爭吵，理性的面對所有的問題，所以陳凱才會避開家園在台北展開他的另一個生活。我坐在王瑩的面前想著我對陳凱的冷漠，他那失落的表情讓我好難過……「去找他吧！他現在在美術館。」

王瑩鼓勵我，也祝福我，我激動的穿起外套拿了包包和王瑩道別。

站在馬路旁，沒有一台計程車是空車，我好急，急著想見到陳凱，急的想要擁他入懷，他是一個這麼好的男人……這麼好的男人……這是我第二次為了陳凱催促計程車的司機開快車，在車上我不停的撥打陳凱的手機，只是他都沒接。他會不會想不開？他會不會以為我是個狠心的女人？我用最快的速度跑進美術館，那裡太過安靜，只有脾氣好的閒人在看畫，我該要問問誰有看到陳凱？希望上帝能派個天使來告訴我——垂喪的我走出了美術館，就在心灰意冷的狀況下出現了一個熟悉面孔站在我的眼前，「妳在找我？」陳凱擦拭我的淚水，忍了好久的眼淚終於落下，是什麼樣的原因讓我們倆個相遇？為何我們總是扮演著好多個角色，不能單純的做個自由的人——

我和陳凱有好多個日子都沒有做愛了，重回到那種懷抱是多麼地舒服，他在我額頭上吻了一下，那是他事後的習慣。我們不再提起王瑩的事情，我知道那是他曾經有過的難過；我也不再理會身分證上配偶欄的痕跡，在現今的社會裡那種證據都已經是不切實際的了。接下來我只想好好的跟他繼續下去，雖然不知道能持續多久，但起碼彼此的情愫都還存在——

Amy對我和陳凱的關係很不能接受，「小姐，現在滿街上都是男人，妳怎麼會搞一個麼複雜的感情來談呢？」我告訴Amy自己不是一個很會處理感情的人，誰叫我愛上了呢？「我發現跟女生談戀愛比較快樂！也許妳也可以試一試？」Amy很喜歡跟我提建議。「Amy小姐，我鄭重的告訴妳我只喜歡男人！」Amy習慣的大笑讓隔壁桌的兩個中年男子一直盯著我們看。「妳信不信我可以在兩分鐘之內釣上那倆個男人？」我當然相信這個女人的魅力囉，已經是一個兩性不分的交際花了吧！「我可不允許妳在我面前搞這把戲喔！」我對Amy下了警告，我知道這個女人心理一定有問題，基於道義、基於現在和她成為好朋友的立場上，我是不能再讓她墮落下去的。

站在餐廳的外面，我無意間看到了Amy手上的刀痕，她最近都把自己包得那麼緊，難不成身上還有許多類似的傷口？我想開口問她的時候，她正好攔到了計程車要離去，Amy和我說了再見後我對她感到心疼，她在我面前總是傾聽著我的故事，笑得花枝招展的，而我好像從沒真正的關心過她。也許在我的內心底層還有著瞧不起她的那種感覺吧——

【卷二十一】

# 是女朋友還是情婦？

## 無形的生命體——愛

愛，是不是有生命？
愛如果有生命，就會有感覺，
它會來也會走，走後留下的就是傷害……

聽了Amy的話我不是沒有感覺，有時候我也在想自己為什麼會找一個這麼複雜的感情來談，看著眼前和我用餐的這個人，和他經歷激情過後的生活，要學著接受他世界裡的一景一物，學著生活在他所創造的園地裡，可他的世界裡還有我看不見的東西，而且讓我有很多疑惑，如果他的世界裡有河流，那哪裡是河流的終點？河流旁邊有樹木嗎？還是他蓋了小木屋在森林裡？如果不問，他是不是永遠都不會告訴我小木屋的存在？我發現自己並不懂陳凱，「怎麼一直看著我？」陳凱為我倒上果汁問我，「你昨天在你老婆那裡嗎？」我喝了他為我倒的果汁後問著他。「沒有，為什麼這樣問？她回高雄了。」「喔。」對陳凱的回答我並不是很滿意，而且在知道他的老婆存在後，心裡還是有疙瘩，「以後……直接叫她的名字吧……」他要求著。也許『老婆』的名稱給陳凱來稱呼王瑩並不很貼切，就當我是小心眼吧，真的很怪，我只是在懷疑我的身分問題而已，是女朋友還是情婦？或者我想的是他還在乎王瑩，所以用父母的藉口來欺騙我？「我吃飽了，我先到客廳去……」我放下了筷子，完全沒有食慾，「妳到底怎麼了？還在懷疑我嗎？」「沒有……」「可是妳看起來有心事？」「我沒事，我要交給電視台的東西寫不出來，所以有點煩……」我從椅子上站了起來走到客廳的沙發上坐下，說真的，我到底要陳凱怎麼做自己也不知道？

陳凱走了過來坐在我旁邊摸著我的頭，「不然這個週末我們出去走走？」「再說吧，我不是很想出門。」我拿起了一本雜誌翻著，「我們之間好像有距離？妳對我到底還有什麼問題想要弄明白的呢？」陳凱拉開了我的雜誌抱著我，「Sora……妳不要不喜歡我，我好擔心妳會因為王瑩的事情而離開我……」我靠在陳凱的身邊，不想多說什麼，我好像不能跟他要求什麼？對於愛情，對於跟一個男人在一起的感覺好像跟我想得不太一樣，「我為什麼會不喜歡你呢？如果不喜歡你，我怎麼會追著你？」說了安撫他的話後，發現陳凱的臉頰是濕的，可是我並不心疼，為什麼會那麼平靜連我自己都找不到原因。

「你怎麼認識王瑩的？」好奇心的驅使讓我盯著陳凱問，陳凱棕咖啡色的眼睛含著一種難以掩飾的落寞，「工作認識的……」「她也是學藝術的？」「對，畫西洋畫的……可不可以不要再談王瑩了！」陳凱似乎很為難，「我不是在逼你談王瑩，我是在找答案……」對，我是在找答案，我要知道自己是不是他寂寞空虛時的玩伴，是不是他轉移情境的替代品，「妳在找答案？妳在找什麼答案？為什麼以前妳都不會這樣問呢？」陳凱站了起來，心浮氣燥走到窗邊透氣，「我以前不會問是因為我不知道王瑩的存在，而現在知道了，我怎麼可能裝做沒事呢？我其實只想知道你對我是用心的嗎？」我走近陳凱身邊，他轉過身來望著我，「你只要相信我就好了，可以嗎？」我知道再問下去也是沒有答案的，他不想談的問題以他的個性是不會說的，我突然間覺得好想哭，要是國立他不會讓我懷著不安的心，不會讓我獨自去面對問題的，可他不是國立，而我待在陳凱的身邊想著國立，這是對他的間接傷害，我知道。

「我好空洞，而且乏善可陳。」我最近有點心境上的叛逆，Andy一臉茫然「妳是不是寫武俠劇寫瘋啦！」他問。「寫瘋了那倒還好，只是我覺得虛偽！」我說。「虛偽？」「是啊，虛偽的文字，虛偽的影劇圈，虛偽的感情，虛偽！我身邊的所有事情都是虛偽，都是該走入滅亡的土礫裡，用岩漿來灼燒所有的生物。」我憤怒的口氣衝著Andy，「我知道你在生導演的氣，沒那麼嚴重吧，把第十集的場次調一下就好了，各讓一步不就好了。」Andy有時候就是不夠堅持自己的立場才讓許多導演瞧不起的。因為最近一堆事影響了自己在工作上的情緒，讓我無法控制的在咖啡廳裡對Andy發著飆。這城市有好多的聲音在撞擊我，有腐臭的氣流竄行在四周，有濕淫的液體從地底裡滲露出來，有齷齪的詞、骯髒的詩集合成體的來擾亂著我的思緒，我好疲憊，我無法掌控自己，如果現在眼前有一把刀，很可能已經在我的胸腔裡安置妥當了，「愛，是不是有生命？」我無力的問著Andy，「愛當然有生命啦！」他說，「如果有生命，就會有感覺，只是無形的生命體罷了，它會來也會走，走後留下的就是傷害，還不如讓那個生命提早結束。」我這麼說Andy一定聽不懂，我也沒打算讓他懂。

「是不是跟男朋友吵架啦？」Andy問，「沒有，吵不起來。」我的笑很糟糕，一種輕視自己的感覺。「我是針對戲來跟你聊的。」我說。「有很多事情未必要有結果的。」Andy淡淡的說了這句話。「沒有結果……那人生又在求什麼呢？苟活？」這句輕蔑的問話可以打擊在地球上有思想的生物，自認為是動物界裡的王者──人類。「該發生的總是會發生不是嗎？人類完全沒有抵抗的能力，就算我要用文字殺死我筆下所創造的人物，那也是理所當然，不管他是不是主要角色，在那場比武的過程裡，該死的人就得死！」我很堅持故事人物發展該有的下場，「好吧，雖然那個新人演的不錯，不過也不能因為演得好就加他的戲，還是以先前討論的故事來寫吧，你要殺誰就殺吧。」Andy妥協了，他也不想激怒我，不知道這幾天自己怎麼搞的，好像瀕臨發瘋的境界，精神分裂

的前兆。

走了幾步階梯還沒拿出鑰匙就覺得有種昏厥的感覺，聽到房裡的手機在響，才知道自己忘了帶電話出門，我慢慢的開門，慢慢的走到沙發上去拿手機，「喂……」「美女，是我！」國立的聲音，是國立的聲音。

【卷卷二十二】

# 情人幻覺的毒藥

## 消瘦的身影——退讓的藉口

Exposing the pink flesh of her backside, there, between the orbs of her dimpled ass, lay a blushing rosebud begging to be plucked.

在那雙臀之間靜靜盛開一朵蓓蕾，嬌豔欲滴等待採擷……

——薩德（Marquis de Sade）

手推車上的行李、提醒旅客登機的廣播聲暗示著我想出國的衝動，我在第二航廈等待著國立的身影，昨天他終於給了我一個半月後的音訊要我去機場接他。不知道他有沒有變瘦？他是一個兩天之內就可以瘦掉三公斤的人，如果我有他那種體質，我肯定是個美食專家。我坐在出境大廳的沙發椅上等候著國立，這個航廈的硬體設備表面上看起來都很不錯，活活把那舊得可以的第一航廈給比了下去。在無聊之下，觀察周圍的人們倒是一項樂趣，我發現有很多空姊長得都不是很漂亮，不知道現在航空公司擇人的標準在哪裡？有些英文簡直破得可以。那些女人當上空姊的目標是為了理想，還是認為這是年輕時期賺錢的好職業？或者等待著凱子上勾，找個有錢人嫁了從此不再辛苦過生活。不論這些塗了濃妝的臉蛋上懷有多少個理由，我都佩服他們冒著生命危險賺錢的勇氣，尤其是在這充滿著天災人禍的世界。

螢幕上的那個男人自若的走了出來，他變得有點黑……的確是瘦了。

「嗨，帥哥！」「哇，美女妳怎麼瘦了？」國立先問了我，「那你自己呢？怎麼也瘦了？」「因為想妳啊！」他老是不正經的。國立一手牽著我，一手拉著簡單的行李，「自己的車不是放在機場嗎？為什麼還要我來接你？」「怎麼？這麼久沒見到我想我啊？變得很多話喔！」國立笑著對我說。我好久都沒坐上他的白色BMW了，國立雖然常穿黑色衣服，但他跟我一樣喜歡白色，在他房間的裝飾裡也都以白色為主要色系，衣櫥裡裝滿了成套的西裝，也都是量身訂做的，我知道他是一個相當有錢的人，而他的富有也絕對不是因為風華咖啡館的收入，咖啡館只是他擺放的一個休息之地。他開著車心情不錯的對我說著：「我老爸變了！現在也會陪我媽去歐洲旅行了！」「原來你是去找他們……」我解開了心中的一點疑惑，如果家庭因素是導致國立不快樂的原因，我倒是希望他能把家裡的問題給搞好。

我們開著車到淡水吃海鮮，國立點了五個人才吃得完的份量讓我看了都害

怕，「吃不完的，幹嘛點那麼多啊？」我問著國立。「因為我們要補營養啊。」他餓了多久我是看不出來？因為他都把菜夾進我的碗裡，好像以為吃這一頓就可以讓我瞬間恢復肥胖一樣。「已經不早了，我該回去了！」我擔心陳凱回到房裡會找不到我，他是一個很少用行動電話控制我的男人，但也是一個猜忌心很重的男人。「好吧。我送妳回去！」國立也許知道我在擔心什麼，只是在我睡著的時候，他調皮的把我載回他的家裡。「我原本要送妳回去的，可是我希望妳能陪我一晚……」國立的口氣顯得有些可憐，其實很久沒看到他，我也希望能陪陪他。

趁國立在洗澡的時候我向陳凱說了不回家的理由，陳凱他沒多說什麼，要我明天一早就回去。國立洗了澡後就直接躺在床上了，「你怎麼啦？不舒服嗎？」我摸著他的額頭，他是發燒了。他要我從桌子旁的抽屜裡拿藥出來給他，他說普拿疼是可以退燒的。這倒是不重要，我想的是現在流行的SARS病毒會不會鑽進了他的體內，他還有力氣笑我的擔心，還說了這樣我有可能會跟他一起死，我捱在他的身邊餵他吃了藥，他卻一個勁的抱我上了床，「陪我躺著……」我為我們蓋了被，靜靜地躺在他的懷裡，這樣的舉動真是奇怪，我知道不對，他也知道，但我們就是想要陪著對方。

「離開他好嗎……」國立的要求怎麼會在他回國之後出現呢？「我曾經離開了，但現在我又回到他身邊了……」我誠實的跟國立說，如果能斷了他的想法那是最好的。「我愛妳……」在國立睡著的那一刻，我聽見了那三個字，我到底愛不愛他？到底愛不愛陳凱？我摸著國立消瘦的臉頰，用手指輕碰了他的嘴唇，我以為他睡了，結果他睜開了眼更緊緊的抱住了我，我和他相吻著，接著又犯了不該犯的錯誤，我開始學會比較，比較和他做愛跟陳凱有什麼不同？跟陳凱做愛是一種順理成章的感受，沒有過多的姿勢和愛撫就了結了一切；和國立在一起，卻會使妳上癮，他好像知道女人的心理感受，怕壓痛了我、怕使我不舒服，又會在激情的高點處讓妳浸慾在奔放的潮流裡，那是一種幸福、一種期待……這一晚國立沒有戴套子，我擔心我會懷孕，如果是這樣那我又該怎麼辦呢？

第二天一早，國立的燒退了。我為他弄了荷包蛋、火腿和一杯咖啡當早餐，但我的眼睛卻不敢直視他。「妳可以嫁給我，這樣妳就可以每天幫我做早餐，雖然蛋有點焦，不過還可以下嚥……」國立很喜歡取笑我，真是沒變。「我可不想當你的黃臉婆啊！」我頂了他，但我聽了他這麼說心理還算舒服。差不多十點的時間，國立載我回到了山上，「我會在咖啡館，沒事可以來找我！」國立戴著墨鏡對我說著，雖然墨鏡會遮掩他迷人的雙眼，不過那會讓他更有男人的魅力，跟國立說了拜拜下了車後我有點擔心的抬頭看，陳凱是不是在房裡——

我好像半夜偷跑出去玩的女孩，深怕家長知道昨夜的瘋狂會數落我，我走進房裡並沒有看見陳凱，難道他也一夜沒回來睡？Amy打了電話給我，問我昨天是怎麼回事？我聽不懂她為什麼會這樣問我？她說陳凱早上打電話給她問了國立的店在哪裡？現在有可能去了風華咖啡館。陳凱是怎麼回事？我不敢想像他會有這樣的舉動……

我從咖啡館的玻璃窗裡看見我的兩個男人在談話，我走了進去不客氣的坐了下來，「我跟國立只是朋友……」我對陳凱說著。「但國立說妳是他的？可以告訴我是怎麼回事嗎？」我看了國立一眼，國立並不覺得他做錯什麼，「是我的錯……」這是我這個月第二次對別人道歉，我好氣，氣我自己也氣他們。「我退出……」國立說了這句讓我痛的話。陳凱二話不說把我牽了出去，我不敢回頭看國立，如果不是我的猶豫，現在我和國立有可能是對夫妻，如果不是我的猶豫，現在的我可能不會傷害我跟國立的感情。難道我真同時愛上了兩個男人？

「我決定跟王瑩離婚，這樣我們就可以正當的在一起了……」陳凱有些火氣。「這樣你就會失去你的原則。」我不希望陳凱為了我而做出讓他後悔的事情。「妳不要離開我……」陳凱，我知道他對我越陷越深了，他說在我生日派對上，他早就看出我和國立有不尋常的關係，直到昨天他才確定。最近陳凱的那種瀟灑不見了，他會為了我有這種反應我是應該感到高興的才對啊……

世界上的亂已經絆住了人們的理智了，守候已久的美國終於向伊拉克開戰了，人心惶惶之下有什麼樣的事不可能發生呢？我周旋在兩個英俊男人之間一點都不感到驕傲，我好想回到以前的生活，就算是只有一個人——

距離遠一點──相處久一點

【卷二十三】

# 恣意馳騁

Who does not dream of indulging every spasm of lust, feeding each depraved hunger?

誰不想恣意馳騁性幻想，餵飽飢渴的慾望……

──薩德（Marquis de Sade）

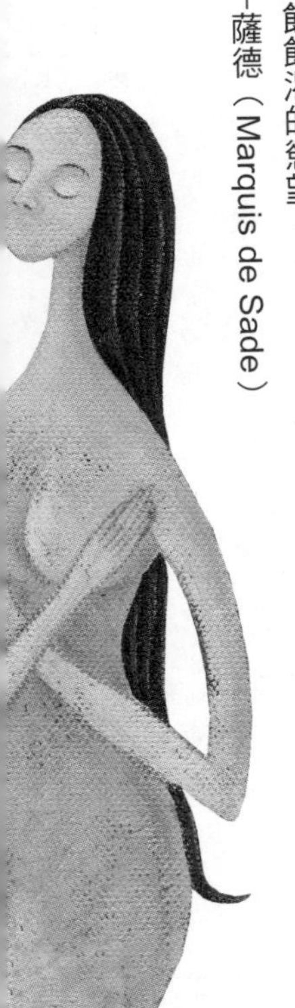

他將全身的力氣發洩在我的身上，他讓我痛得難受，我的手撫摸在陳凱的背上全都是憤怒的汗水，我哭了出來要陳凱別這樣，「我受不了妳的背叛！」陳凱大聲的對我吼著，他下了床進了浴室……這是我第一次對他感到害怕。浴室蓮蓬頭的水落到地表的磁磚上，發出迅速不耐煩的敲擊聲，急躁著我不自在的心，這個曾經讓我失了魂追逐的男人已經變形了……

多少天我沒有出這個門，我擔心陳凱會多疑滲入更深矛盾的結裡，鏡子中的女人那貴婦驕傲的眼神已然消逝，被迷惘的愁緒給取代了。深夜，陳凱回到床邊躺著，他告訴我他辦好離婚手續了，要我以後可以放心他的身分所帶給我的困擾。我側著身體假裝睡著，這個消息我並不會感到高興，因為這會讓我找不到離開他的藉口，而且會成為他牽住我的另一個理由。

Amy在白天的時候拿著一大堆零食跑來找我，「我的天啊，妳又不是難民，怎麼瘦成這副德性啊？」Amy對我的身材有很大的意見，不用告訴她原因她也知道為什麼。還好有她陪我聊天，否則我可能會在多日後枯萎凋零。「離開他吧……」Amy勸我。「那不容易，他為了我離婚了。」我對Amy無奈的說著。「你知道嗎？于真要跟羅傑結婚了！」「真的嗎！」從Amy那裡得知了最近唯一的好消息，「于真打電話找妳很久了……」我知道他們會找我，我把手機關起，電話線拔掉，不收網路信件，除了親自來我家外，我相信透過其他方式是找不到我的。「Amy……國立最近在做什麼？」Amy停下吃零嘴的動作回答我：「你們倆個真有默契，今天是他要我來看你的！他最近也過得不好，跟妳一樣多愁善感的。」「是嗎……」有時候看起來很簡單的事情，處理起來卻是那麼的難，如果我是一個敢愛敢恨的女人，我早就可以對陳凱說一個『不』字了，我可以直接告訴陳凱剛開始對他的迷戀只是一種神秘的情感轉移；或是告訴陳凱我們的想法有差距，做朋友也許比較好……不然就跟他說他的佔有慾太強，強得讓我無法接受！我的腦子裡面無論想了多少種理由，就是缺了一個『勇氣』去面對。

「不如讓國立去跟他說……」Amy瘋了，這樣只會把事情弄得更僵，我真是對不起陳凱，在他的背後和朋友不是談論他的好處，而是絞盡腦汁在想辦法脫離他，「妳有沒有想過事情弄成這樣都是我做事優柔寡斷的因素？」我問了Amy，「也許是妳的命運吧……」Amy談論到命運讓我不太能理解，不過這讓我想起了希臘悲劇裡伊底帕斯王的故事，弒父娶母，終難脫離命運之說，這樣無可考的理論根據的確常在現今人們的身上發生，從不知道你生命會遇到多少男人或女人？頻率對了就會搭上，否則怎麼會常有交往多年的戀人們，最後步上禮堂的終不是對方呢？「看開點，會想通的，就像我差點為了江董鬧自殺……」Amy真的嚇了我一跳，「那個上次我看到的江董？」我再確認一次，「沒錯就是他！」Amy會愛上一個六十多歲的老年人，真是不可思議，「我不甘心他甩了我，我也不相信我對他用情那麼深……」Amy跟江董並不是玩玩而已，是江董在酒店把吸了毒的Amy給救上岸，在短短的一年間完全改造了這個曾經墮落的女人，讓她擁有正常的生活和職業，只是江董認為該是和她劃清界線的時候了，所以才讓Amy從阿寶的身上找尋戀情的寄託。

晚上我弄了一桌菜等待陳凱回來，我想試著去找回我跟他開始的那種感覺，進了門的陳凱似乎有些訝異，這是我第一次為他做菜，他笑了，和我共度一個愉快的晚餐，餐後我們坐在貴妃椅上溝通著，他對最近的行為感到抱歉，他說不知道自己為何會成了這麼不理智的人，而我卻好奇的問著他：「你父母知道你們離婚的事嗎？」「知道，而且不能諒解……我並沒有說是因為王瑩外遇的關係……」陳凱為了保護王瑩讓自己成了代罪羔羊，「我要妳搬到我那裡去，住山上不會覺得不方便嗎？」陳凱對我提出這樣的要求讓我沒辦法答應，我告訴他我喜歡山上，這裡安靜對寫作很適合，而且希望他能擁有一個和孩子共處的空間，我去干預是一件很不好的事。

電影裡的婚禮會有美麗的鮮花和神父握著聖經的畫面，大鍵琴的結婚進行曲彈奏著，穿著白紗的新娘緩緩步入了禮堂，她是今天最美的女人，而新娘眼神裡的透露是她對先生愛的詮釋，當雙方對上帝承諾起忠誠夫妻的誓言後，婚姻就這樣誕生了。于真並不想要這麼形式的婚禮，他們在羅傑家的庭院簡單的向親友們宣佈這樣的好消息，一點的音樂和小酒，讓在場人士都開心不拘束。我跟Amy算是這場婚禮亮眼的女人了，卻沒有才二十出頭拍過多支廣告的文希來得搶鏡頭，文希是于真的表妹，長得比于真還漂亮，那眼睛真是會放電，已經吸引許多老外和她交談了，再看看她忙著比手畫腳的模樣，英文像是不及格的小學生，但還真可愛。

于真穿著粉紅色的小禮服走向我跟Amy，「恭喜妳啊英文老師！」我對于真道賀，「我佩服妳的勇氣！」Amy對于真說著。于真開心的笑了出來「是啊，我都有勇氣結第二次婚了，怎麼你們一次都不敢啊！」Amy指向阿寶，「我跟她怎麼結啊！問問旁邊這位小姐吧！」于真靠向我坐在搖椅旁說著：「我想我們不用避諱了，當我跟國立在一起的時候，我就發現你們是相愛的！」Amy聽于真這麼一說又大笑起來了，「這真是一個公開的秘密啊！」Amy拍我肩膀說著。

在我身旁的兩個女人，一個脫離了自殺的念頭，重新在女人的身上尋找到了另一段奇異的戀情；一個則勇敢的面對和前夫不幸福的婚姻，接受另一個男人的愛戀。而我呢？就算是微風送來的落葉也不能讓我感到那是一種美感，眼前所有的一切都不能給我一個清楚的答案。「你們看看陳凱，他並沒有做錯認何事情……」陳凱在和文希聊著，連他也會被文希的那種俏皮美給勾住了。「但妳不能因為同情而犧牲自己啊！」于真怎麼會這麼說呢？我跟陳凱在一起從來沒有這一個『同情』的道理啊，「如果他的前妻傷害過他，那妳也絕對不是他前妻的替代品！」Amy說了重話，然後她便走了過去找阿寶。

「對妳而言國立也許是一個永遠長不大的男孩，但他也只會在你面前使這種個性……記得國立跟我說過，每次他開車載妳的時候，他都習慣走前山，因為

距離遠一點那可以跟妳相處久一點……」于真的話把我的心給揪住了，國立這個男人怎麼可以在他老婆面前說出這樣的話，那真的很傷于真的心，難怪于真決定和國立離婚的那天她會跑來山上找我，原來她是想試探我跟國立有沒有關係，我還以為和國立搞性關係的混血兒才是他們婚姻觸礁的導火線，結果我才是使他們分開的罪魁禍首，「于真，我從來不知道國立會這樣對妳……」我向于真表達了歉意，于真卻不在乎的跟我說著，「妳知道嗎？當初我是一廂情願的愛著國立，結婚也是我提議的，因為我怕妳會把他搶走，可是誰知道妳沒有任何動作就可以抓住國立的心，所以妳不應該用陳凱來逃避問題……」于真說出這段話的時候我很注意她臉上的表情，她真的沒有怪我。

深夜的浴缸裡，陳凱用最直接的肢體語言告訴我他要我，我內心哭喊的聲音強過陳凱頂撞我的恣情喘聲，此時輕灑在我臉上的不知是浴缸裡的溫水還是眼裡的淚水，但我知道這只是一種情慾——

【卷二十四】

古埃及的秘密——桃花源的性天地

# 暗房裡的奇蹟

紐約，交雜著死亡、性愛氣氛的夢幻環境，讓比爾醫生好奇的進入一場性愛派對，他看見許多在白天是正人君子的紳士們，黑夜則成了帶著面具露出縱慾狂歡本色的男人，他們在華麗詭譎的高級住宅裡，如野獸般的瘋狂交錯著，如不緊閉雙眼，思緒就會跟著墮落淪陷——真實與虛幻被拉扯著、被拉扯著……

——『大開眼戒』(Eyes wide Shut)

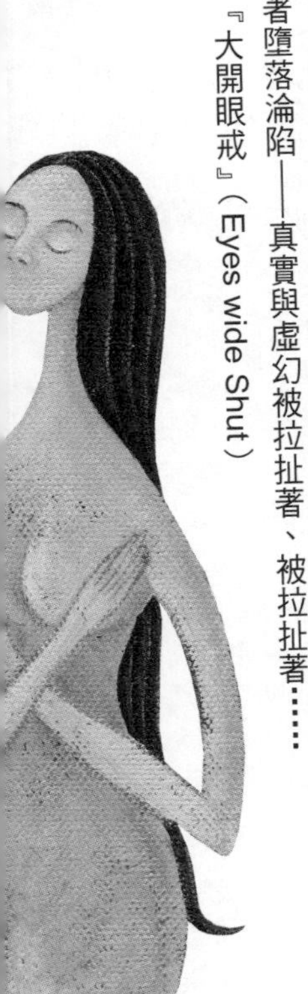

一點微風、一點暗沉是今天天氣的寫照。陳凱最近為著他近期的聯合藝術展覽做準備，在他埋首設計工作的忙碌期間裡，可以讓我暫時拋開和他在一起的那種不確定感。我在房裡徘徊許久，想著要不要去見國立，他打電話來要我去找他，說要給我看樣東西，不知道是不是國立想見我的一個理由……最後我還是決定換了衣服去見他，不該為了陳凱而失去一個好朋友，也沒有必要為了一個男朋友而避開國立。

才到風華咖啡館就看到女工讀生小莉跟一個歲數和她相仿的男生在吵架，就在男生要打小莉的那個瞬間，被國立給擋了下來，國立不高興的要小莉的男朋友趕快離開，只當國立帶著淚流滿面的小莉回到吧台的時候，那男生拿著手裡的滑板準備在國立的後腦杓給他教訓，但這一下卻被我挨了下來，我的肩膀受到重擊，小莉的男朋友立即逃離現場，我痛得蹲在地上，背後的衣服也被滑板給拉扯破了，我想店裡的客人看了一場免費的精采演出，演出最賣力的我覺得整個肩膀好像快要掉下來一樣的難受，一兩位客人的親切問候及小莉的道歉，都不比國立的攙扶來得體貼。國立拿著冰塊為我的肩膀冰敷，他將我額前的頭髮撥弄到耳後，他不說我也知道他在心疼我，但我邊喝咖啡邊看著國立的柔情眼神，心中卻是有一絲的竊喜，因為這是一個『意外』的驚喜。「笑什麼……不痛嗎？」國立摸著我的臉頰問我，「痛，但痛得很值得。」，國立搖頭笑我傻。

「走，帶妳去換件衣服。」國立放下冰敷袋子，要小莉和兩個男工讀生顧店後就帶著我走了出去，「穿上我的外套，不要便宜了別人！」國立對我說著。我聞到國立的外套有淡淡的香味，那會讓人捨不得脫下。跟著國立來到『微風廣場』，看他對環境的熟悉我判定他一定常來這裡，這裡面的專櫃幾乎都是高檔的名牌服飾，我很少會花下幾萬塊只為了買一套衣服，對我而言太過浪費奢侈，而且穿得我很不自在，國立倒是認為我很適合穿著這樣高價位的服飾，他說更可以烘托我這個作家的氣質，但我卻不這麼以為。「你說要給我看樣東西……那是什麼？」「秘密。」換上了衣服，國立裝神秘狀的帶我到他朋友家去，我不曉得他有朋友住在北投，四十幾歲留有鬍渣的古奇錚是一個有名的攝影家，他遊遍世界各國拍了不少好照片，我曾經看過他拍攝紐約市飯店的攝影集，他以飯店內的人物做為拍攝的主題，更顯出各個飯店的不同特色。在他靠山的簡單住所裡有硫磺溫泉讓他享受，花草和樹木的自然香味圍繞在他的小木屋裡，這裡簡直是世外桃源，讓人覺得舒服清靜。

「妳就是Sora吧？歡迎。」「你好。」古奇錚給了我很好的第一印象，果然是物以類聚，以國立的質感交上的朋友是不差的，四十幾歲的古奇錚有種成熟的男人韻味，活像是李察基爾中國版。原以為生活在這種環境的人應該會是閒來無事泡茶的那種人，結果古奇錚也喝咖啡，他說喝咖啡讓他更能拍出想要的照片，那是茶葉所不能給予的快感，我倒認同他的想法和習慣，「我這裡有上好的咖啡豆，都是我這個好兄弟給送來的！能交上一個開咖啡店的朋友真是不吃虧啊！」看著古奇錚和國立談笑的樣子就知道他們交情還不錯，「這就是你的秘密啊！」我偷偷在國立的耳朵旁問著。「想知道就親我一個……」國立也小聲的回我，讓我頓時紅了臉，深怕古奇錚有聽到他對我開玩笑的話。

就在古奇錚煮著咖啡的時候，國立帶我到暗房裡去揭開秘密，看著房裡吊掛的相片全都是埃及那裡的背景畫面，而且全出於國立之手。「哇，我不曉得你有這樣的專長！」我對國立有了較高的評價，「到隔壁去……」國立興奮的拉著我到隔壁的房間去，我看到許多洗好的相片攤放在桌面上，沿著尼羅河的各個神殿國立都去過，在吉薩（GIZA）的三座金字塔前留下了獅身人面獸的古老痕跡，古埃及舊國王時期的曼菲斯（MEMPHIS）也掌握在國立的快門之下，我看到了懸空教堂（Hanging Church）的歷史紀錄精采的呈現在我眼前，「這些都是要拍給妳看的！」國立感性的對我說著，「謝謝，我已然身歷其境了！」我很高興國立的貼心。

在眾多相片的桌腳旁，我看到一張相片是六、七十歲的中國男人站在亞斯文（ASWAN）市區的餐館旁抽著煙，那張相片讓我好有感覺，我拿起來看時，發現下面一堆全都是這個男人的相片，看這幾張的連續畫面便知道這個男人在招呼客人，「他是那家餐館的老闆。」國立看見我拿起相片，「這些相片都充滿了感情……我很喜歡。」我對國立言出我的感覺。「那是我爸爸。」國立的話讓我有些錯亂，「你爸爸不是外交官嗎？」我問了國立。「相片裡的這個人才是我親生父親……」國立坐上了桌子，拿起其中一張相片對我說著。他看起來在掩飾悲傷，「妳記得我房間浴室裡的那張相片嗎？」是啊，那張相片讓我印象深刻，因為國立的家裡再也找不到其他的相片了。「就是這個人幫我拍了之後留下的！」國立看著他相片裡的父親說著。

原來國立要跟我說的秘密不是在於他喜好攝影這件事，因為在攝影的背後還隱藏著一大段歷史讓人追溯，才想起國立曾經要我陪他一塊出國找答案的事情。國立告訴我他從小就被顏家給收養，受到貴族王子般的生活待遇，原本這樣的人應該要很慶幸自己的命運才對，可是他卻活得不快樂。國立說他永遠記得他父親背著包包率性離開的畫面，而他父親拍下相片後就不知去向了，直到有一天他收到一封從埃及寄來的信件，才讓他知道這個男人最後的下落，也看到了他小時候父親幫他拍攝的那張相片。「為什麼把相片放在浴室裡？」我好奇的問著他，「不為什麼，只覺得不知道放哪裡就亂擺……」國立跳下桌子摸著我的頭，「走吧，我們去喝咖啡……」當國立走到門口的時候，我突然一陣心酸的從後面抱著他，國立轉身抱住我說著：「過去了……現在的我想要快樂的活著……」國立將他內心的傷痛給釋放出來了，我才確定國立跟我和Amy是同一種人。在夕陽的光惲裡，我看見國立的淚光，這個男人一向都很堅強，從不告訴別人自己那裡受了傷，不管好壞的總是把所有的事情放在心裡，就連我也讓給了陳凱，這就是我對他為何不諒解的原因，也將錯就錯的和陳凱在一起了。

國立泡在小木屋內的溫泉浴池裡，在熱氣的隔離之下，一雙癡情的眼睛在望著我，我脫去了衣服走進浴池，故意用雙腳挑逗著他。在這世外桃源裡我們深知不能浪費了這做愛的好環境，他摸著我的頸子，透過硫磺水憐撫我的胸部、輕咬我的耳朵，挑動著我敏感的部位……終至讓我受不住的吻著他，而雙手則無意識的去觸摸他每一吋肌膚……國立引著我站起來靠向牆壁讓我轉身背向著他，溫泉水裡的溫度燃燒著我們內心的火熱引線，讓我遺忘了疼痛的肩膀……他在完美的時間點上配合我高昂的情緒，緊密結合之後我們得到了解脫，心靈與肉體都擁有被釋放的滿足感——這是一個陌生的空間，一個容易讓人引發性慾的情境，任誰都難以抗拒——

【卷二十五】

# 男人與女人的感情契約

## 忌妒！憤怒！背叛！——逼得你發瘋

男人和女人間，起初是慾望，接著是熱情，
緊跟著開始起疑！忌妒！憤怒！背叛！
最高價得的愛，何來信任？沒有信任，就沒有愛！
忌妒，是，忌妒，會逼得你發瘋！

小木屋裡有著芬芳清涼的味道，下了雨的桃花源有種淒美的感覺，剛睡醒的我躺在床上看著窗外園景，沉浸在一種舒服的享受裡。國立還未進房就讓我聞到咖啡的香味隨他而至，「是藍山……」我問著國立。「專為妳這個懶人煮的！」國立回了我。藍山的味道順進了我的口，這是一個很棒的早晨。拿起煙抽的國立倚著窗口擋住微弱的光線看著我，「女人在這個時候是最美的……裸著身體裹著輕薄的被單，喝著愛她的男人所煮的咖啡……」國立吐了一口煙說著，他的任何姿勢與習慣媚惑著我的眼神，米色的針織衫和休閒褲是他放鬆心情的自然色彩與布料，悠閒的語氣和困倦的眼神搭著慵懶的肢體動作，讓人想輕躺在他的胸口。

「縱然是美的，你也不敢擁有。」我大膽的說出了假設的語言。國立將煙熄了走向我，我的話也許刺激了他，「Sora……」當他靠近床邊時候，他突然間臉色蒼白的緊抓胸口，「國立，你怎麼了？」他倒入了我的懷裡，呼吸困難的冒著冷汗，「國立……你別嚇我……」我緊張慌亂的抱著國立，要他告訴我哪裡不舒服，他沒有回答我並調適著他的呼吸，直到他咳了幾聲後才讓我感覺到他不那麼痛苦，「國立，你還好吧？」，國立緊緊的將我抱住，對我笑著說：「對不起，我只是想知道你關不關心我……」「顏國立，這一點都不好玩，你差點把我嚇死了你知道嗎？」我生氣的推開國立，但他撒嬌的又抱住了我，「His eyes upon your face, his hand upon your hand , his lips caress your skin . It's more than I can stand…why does my heart cry…….」國立對我唱出了這一段心聲，這是紅磨坊（Moulin Rouge）裡男主角的心情寫照，「你以為陳凱碰你的時候我不會忌妒嗎?妳以為我真捨得放了妳?我是愛妳的……」我閉上了眼睛緊鎖著眉頭，我原本想讓自己脫離現實的環境，可國立又讓我回到了難過的情節裡。「我要走了，今天他有展覽……」，我穿上了衣服踏出房門，不管國立的想法，也沒向古奇錚打個招呼我就離開了這個桃花源。

小雨的滴落還是無法讓我清醒，我再也不想見到國立這麼沒有擔當的男人了，為什麼我總是在別人那裡才知道他對我的想法，為什麼當他承認了對我的愛後，他卻不敢將我帶回到他的身邊，我想通了一切，我要跟陳凱分手然後到國外去走一走，沒有了愛我照樣能活。我將自己整理了一番換了一套衣服後來到了藝術展覽中心，我沒有心情去看那些奇形怪狀石頭的象徵意義，也沒有心情去聽那些藝術家對他們作品的創作想法，我只想找到陳凱告訴他我要離開他。就在擺放糕點的角落裡，我看見陳凱和于真的表妹文希在那裡介紹著他的作品，他怎麼會邀她來呢？不長腦袋的女孩能有什麼智慧去了解那些藝術品呢？只會手舞足蹈的亂附和一通，我直接站在陳凱的面前對他說著：「我有話跟你說！」「親愛的，妳來啦！妳看文希也來了。」陳凱好像沒聽到我跟他說的話，我根本不想理會文希假面的笑容，「我有話跟你說。給我五分鐘好嗎？」我像是孩子般的那樣頑固逼得陳凱不得不將我拉到一旁去。「這兩天妳去哪裡我都沒問妳，可是妳一出現就是一副不耐煩的樣子，給我留點面子吧。」陳凱對我說了重話，「我要分手……」當陳凱轉身要離去的那一剎那，我對他說了，「回去再說吧……」陳凱不理會我的話掉頭就走，而我則想趕快從會場裡跑出去。

在這三千坪的草坪上佇立了許多的雕像，沿著噴水池向門口走出去時我看到了噴水池旁的藝術作品，它特別的造型讓我不得不多看它一眼，它是由五百個八公分正四方形的體積所組成的女人形體，作品的名稱就叫做『我的女人』，出自陳凱之手。我不得不佩服陳凱的才華。「我可以叫妳Sora嗎？」嬌滴滴的聲音是從文希的嘴裡發出來的。「嗨，文希……」我的語氣不是很有精神。「妳跟陳大哥吵架啦？我看他在會客室裡都不說話耶……」對於文希的問題我不知道該如何回答。「後面這個女人就是妳喔，是陳大哥跟我說的。」文希的話讓我對陳凱產生了歉意，我真是糊塗，就算有什麼事也應該在會後再跟他說才對，畢竟今天是他發表的大日子。

我走進了典雅的會客室，這裡簡直就是這些藝術家聚集的人文之地，更是巴洛克風采的集中營。「妳不是回去了嗎？」陳凱冷漠的問著我。「對不起……」我對陳凱道了歉。「走吧。」他牽著我上了車。在車上我越想越覺得自己做錯了事，他原本還興高采烈的要把我介紹給他朋友們認識，而我卻掃了他的興。「你要帶我去哪裡？」我發現陳凱把車開進了誠品大樓的地下停車場。「我要帶妳回家。」陳凱的話諷刺了我的行為，因為我曾經問過他為什麼不帶我回他家，也曾經懷疑過他對我的是否真心……現在的我反而成了背叛的一角，愛情的謊言編織者。

十樓的電梯一開，右轉走二十三步到達他家門口，這是我的習慣，老喜歡算著無意義的數字。一進門就看見掛在右牆10×12的女孩素描，那是他女兒的素描像，畫得跟本人真像，也許是王瑩畫的。陳凱進了房間，我跟著他的腳步探進了房裡，那張加大尺碼的床，讓我想像著他和王瑩的親密接觸，我看不慣在他書桌旁的那張全家福照，這提醒了我曾經是他的秘密情婦。「把衣服脫了。」那深邃的眼神有著不容忽視的怒氣，「陳凱……我們需要談談……」陳凱上前脫去了我的外套，他這樣的舉動讓我有些難堪。「陳凱，我不想……」我走到門口的時候陳凱又把我拉了回來。「你可以跟他上床，為什麼就不能跟我上床！」陳凱抓了我瘀青的背膀，使我痛得不敢叫出聲來。「因為我不愛你……」我對陳凱哽咽說著。他垂喪的靠在牆上，沒有任何的表情。「對不起，讓你為了我跟王瑩離婚……在你父母面前受了那麼大的責備……」「我對妳付出多少那不重要，重要的是妳讓我以為妳愛我……」不知道天什麼時候黑的，不知道是什麼動作或是什麼話語讓我傷了陳凱，我發現剛開始妳可以去喜歡一個男人，也可以搞不清楚自己對那男人的感覺，但……千萬別讓你不愛的人誤會著妳是愛他的，這樣對方會開始走進妳下的棋盤裡，任妳擺佈著他的去向，隨意聽妳的差遣，最後沒有妳的手指去引導他所站立的位置，他便失去了方向，因為他已經習慣有了妳，也慢慢的、不自覺的愛上了妳，如今要掙脫是多麼的困難……

我和陳凱沒有任何的紙上契約，條例著我們所該遵行的感情事物，但彼此內心的情鎖讓我們在二、三十歲的年齡裡嚐受到了情傷的痕跡——

【卷二十六】

# 國立生命的計時板

## 叢林野獸的剃刀——向上帝討個公道

十六世紀放棄常軌畫作的著名畫家艾葛瑞柯（El Greco），
以一股新奇激動的手法來描述神聖的故事，
在他「揭開第五封印的情景」畫作當中，
聖約翰站立一角高舉雙臂好似與上帝的權威對抗吶喊，
憤怒、炙熱、黑暗的情境空間裡，
有如末日將近般的令人心生恐懼……

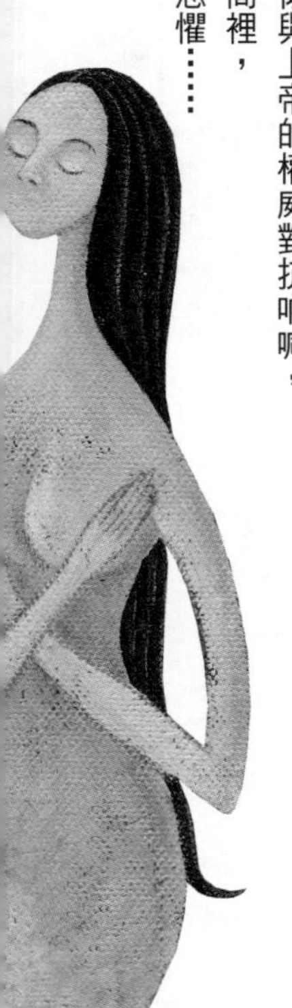

第一次踏進陳凱的『家』，卻也是最後一次。沒有辦法繼續的戀情在忠誠路上的這個夜晚畫上了休止符。陳凱倚靠牆上落寞的神情定會刻印在我的腦海裡，永遠無法忘卻——街道上的路燈並不因為知道一段戀曲的終了而亂了它點燃的時間，告訴我這是一個深沉的夜。站在誠品大樓的人行磚上，不想留戀卻也無力行走……如果要回憶，則會將我帶到下個路口的『大葉高島屋』前徘徊，那裡有櫥窗、有卸下伊甸園的裝置痕跡；那好聽聲音、好看男人的笑容就在第一次的接觸裡，在那個地方給了我一段戀情的開始。我從不提『後悔』兩個字，因為那太傷人，認識陳凱是我的運氣，也因為他的出現才讓我知道我有多愛國立，也才讓國立有了失去我的警覺心，人就是這麼的賤，沒有刺激、沒有外力，就只好甘於現狀，有了刺激與外力時卻讓彼此間產生了尷尬與疙瘩，最後竟是一場空——

我打了電話給Amy，問她現在人在哪裡？她真的是我唯一的朋友，唯一想要找的朋友。林森北路的巷道裡真是越夜越熱鬧，推開Pub的玻璃門，吵鬧聽不懂的音樂猛地鑽進你的腦，辣妹的超短迷女裙看得到內褲欲想脫落的模樣，豐滿的胸部沒有遮掩的內衣修飾，讓那尖挺的乳頭在白色無肩帶的緊身T恤裡逗弄著野獸的眼，日本109矮子樂的風尚也竄進了台北的夜社會，十五公分的高鞋誇張的炫耀它的延展度，使閃亮的姊妹們不用藥物就可以自然長高，看她們臉上的表情就知道很得意這樣的打扮。而叫流行的追求者們，可以找到一定的衣著格式，男生的寬鬆牛仔褲切記要配上方格子的四角內褲，四角內褲也切記要掙脫牛仔褲的抓痕，讓顏色與品牌展露頭角，這樣就可讓人有著誤以為褲子將要掉下的那種惹人厭的混亂感。十幾到二十歲不等的男男女女行走、互貼磨蹭、激吻、交易…縱情輝灑在搖滾的音樂氛圍裡，讓人目眩難受——「Sora……」Amy終於出現，手拿著海尼根的綠瓶子，使我想偷望幾眼那瓶子標有幾%的酒精濃度，在我不急著計算的時間差裡，Amy牽著我到地下室去，不知肩擦過多少吐出酒氣的男女們，聞了多少各牌香水的交雜味，這都讓人想衝進廁所一吐為快。

Amy熟悉的穿過地下室，帶我走出後門的廊道，在露天的桌椅旁才找到了一處較安靜的空間可以聽得到朋友的對話，我忍不住噁心的感覺在一邊的洗手台處吐出稀爛的菜渣，「妳怎麼吐成這樣啊？Sora……」清水緩了我的情緒。「下次別讓我來這裡了，難受妳知道嗎？」我擦著嘴對Amy說著，她卻笑我沒用，「其實我不是害怕來這樣的環境，只是我不喜歡這樣的感覺……」Amy大概不知道我在說些什麼吧。「既然已經分手了就別想這麼多，會過去的。」Amy老神在在的談論並不能減輕我對陳凱提出分手的罪惡感，「給我……」我向Amy要了海尼根，不在乎酒精%數的猛灌了起來，Amy並沒有阻止我，她知道我需要好好的醉一晚，只是不喜歡酒味的我在喝了幾口之後便作罷，「妳先在涼椅那裡坐一下，我去幫妳弄杯果汁。」「好……」。我很聽Amy的話走到了涼椅上坐著，在沒有整理的花草堆裡感嘆著我和陳凱的相遇，牆角邊小走道的盡頭有黃澄的燈光引著我的目光，我好奇的走了過去，因為如果有沒看錯的話，是阿寶和一個男人在親吻，這是偷情嗎？他們轉進了一個房間，看得出來是那個男人領著阿寶進去的。

我有點想探進去看看他們會做什麼，但我還是怯步了，因為都是成年人，去干涉他們的一夜情似乎有點多餘。所以我走回了涼椅坐下，希望Amy不要那麼快把果汁拿來，我擔心她會看到自己的同性情人越軌的行徑。只是不知道是做愛的痛快聲還是慘叫聲讓我分不清巷道房裡所發生的事情，但從Amy也聽到的表情裡，她似乎能直覺感受到不尋常的跡象。我跟著她衝進了那個房間，看見三個裸著身體的男人扒光了阿寶的衣服，還用剃刀把阿寶的頭髮削成光頭，真是變態……「你們在幹什麼！」Amy推開這群野獸把阿寶抱進懷裡，我要他們滾出這個房間，若不是Amy阻止我報警，我絕不會這麼輕易放過這三個畜生。阿寶哭得很慘，遇到這樣的事情加上頭上的剃刀傷痕，我相信所有在場的女人都該得到一些教訓了。

凌晨四點多，三個女人遊蕩在夜間，染上一種悲傷的色彩，同性戀也好、異性戀也罷，我們都擺脫不了愛人與被愛的情感方程式，沒有言語、漫無目的地走到了忠孝東路二段，便利商店的熱食與咖啡讓我們坐在馬路邊冷靜的進食，Amy突然大笑看著我跟阿寶，「我覺得我們很像呆瓜耶！幹嘛那麼悲情啊？又沒死人！」我們聽了Amy的話，走進了KTV喊破我們的喉嚨，看著阿寶和Amy感情又合好，我相信他們已經通過考驗了。

要不是吵人的電鈴聲把我從床上拉起，我想我會睡到晚上，牆上是下午四點多的時間，頭昏昏的我打了個哈欠才去開門。「Sora……」是古奇錚出現在我家門口，他怎麼來了？而且知道我住在這裡，旁邊也沒國立站著，我真的是百思不解。「國立他現在在醫院……」古奇錚那個眼神很嚇人，又說出了這樣的一句話讓我來不及反應。「快換衣服跟我去醫院……」今天不是愚人節，這不是玩笑話，在催促的聲音裡，我差點找不到自家浴室的路口，但我發現沒有時間讓我梳理，必須回到房裡隨便套上衣服就出了門。

看見了馬偕醫院讓我想起數月前的情景，國立出現在急診室時的那種輕鬆的模樣，轉移了我對他為何會在醫院的焦點問題，我從不知道國立心臟有問題，怎麼會那麼嚴重？有多久了？所有的問題古奇錚都不能給我一個確切的答案，「Sora，國立不讓我告訴妳他的病情？所以我希望妳在他面前不要那麼激動……」古奇錚的意思是要我擦掉眼淚，裝做若無其事的去看他，我了解的……我了解。

醫院的腳步聲太過沉重響亮，面無表情病患們看著妳的眼神，好像是落入地獄之門的起端，那種幽靈、鬼魂腐爛的身軀抓著妳的雙腳，使妳痛得叫不出聲來，而太過漫長的走道和消毒水的味道正深刻著妳在醫院裡的記憶。個人病房的床上躺著面色蒼白的國立，他睡著了，睡得我心疼不已。醫生對我們說著在現在這種情況之下，國立所活的時間也許剩不到半年了，我聽不懂醫生在胡說八道些什麼……他不負責任的說著國立的心臟推動血液的動力越來越差，他擔憂藥物治療已經沒有辦法減少國立心臟肌肉的損傷了，我很想叫那醫生住嘴，他們用什麼測量的方式來斷定國立生命該多久要結束呢？這些人又不是上帝，怎麼會有權利說出這樣的話呢。

我對抗不了醫學的權威，但我總能用我的誠心和上帝討個公道吧？我對牠禱告著，如果他是真神就別這樣莫名其妙的帶走國立，如果他是真神就醫治國立的病痛…我忍受不住在國立睡著時的那種表情，我好怕他就這樣一睡不起。「妳一個人可以嗎？」「沒問題。」我讓古奇錚先回去休息。從今天開始，我要緊抓住國立，一直陪在他的身邊，當他醒來的時候，第一眼看見的就是我——

【卷二十七】

# 愛情不說的語言

## 崩毀脆弱的柏林圍牆——餵飽空虛飢渴的心

一間小教堂的壁畫，有佛羅倫斯畫家喬托（Giotto di Bondone）的手跡『哀悼基督』，天使哭了、信徒悲痛，聖母與眾人在基督之死的日子裡同聲哀悼……

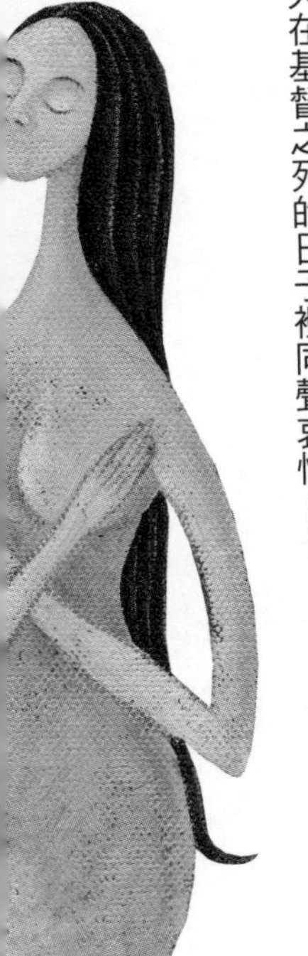

我不知道什麼時候趴在床邊睡著了，「Sora……」國立喚醒了我，牽著我的手拉我站起。「我們回家……」我看見國立拔掉了點滴、換上了衣服對我說著。「你在做什麼？你現在生病怎麼可以回家呢？」我不了解的問著國立。但國立顯得很不自在的對我說著：「我不想待在醫院，只想回家……」他的眼神傳遞出懇求的意味，我卻不知道該如何處理？帶他離開醫院對他的身體會有何影響……但在這裡卻又不能安定國立的情緒，這對他的病情一點都沒有幫助，所以我決定帶他離開這個令他不舒服的地方。

凌晨兩點多，我和國立上了計程車，一樣的情景也發生在數個月前，但心情沒有像現在這麼沉重，當時的國立一樣靠在我肩上閉著眼睛休息著，一樣的緊握我的手，只是我沒有察覺他的不安，沒有發現這一切的動作都在倒數計時著。我好難過，也後悔自己浪費了多少和國立相處的時間……。「妳怎麼了？看妳都不說話……」國立笑著問了我，我看他的笑容一點都不勉強，而且很自

在。倒是我不知道如何回答國立的問題。「是不是擔心跟我在一起，你男朋友又會生氣？」國立開了他們家的門，我止住了腳步看著他踏進門裡的背影，他脫去了外套隨意擺放，左手拿起一旁的遙控器，遙控他的音樂，還是那首「Nobody Home」陪著他，「我沒和他在一起了……」，我關上了門對國立說著，「喔……」國立似乎沒有多大的反應，「其實我一個人妳也不用擔心，跟他在一起如果比較快樂的話……」「我不是為了你和他分手的……」，我直衝著國立的話回答，我知道我們彼此都在壓抑情緒，我的心現在是慌亂的，我根本不知道下一步要做什麼？「我肚子餓了，妳可以煮碗麵給我吃嗎？」「好……你先上樓去洗個澡。」國立上了樓，我進了廚房為他煮碗麵。

過了半小時國立還沒下樓，我有點擔心他，階梯一步步的踏上，步伐從緩慢遲疑到快速不安，我的心緊張的揪了起來，數不清的階梯讓我喘進了的房間，卻看見國立換上了衣服坐在床邊的沙發椅上抽著煙，我鬆了一口氣，「把煙熄了，醫生說你不能抽煙……」我不太高興國立不愛惜自己的身體。「別把我當病人，很不舒服。」國立把煙熄了看著我，「過來，我有話跟妳說……」我才坐到國立的旁邊，他就緊緊的把我抱在他的懷裡，「不要因為我而有所改變，我不喜歡看見妳這樣……」我記得國立的體味，記得懷抱我的這個胸膛，記得他的手輕撥我髮絲的觸感，「妳愛我嗎？」在我順著國立的呼吸時，我隱約聽到這句話，我說不出話來，淚水開始不聽使喚，「我知道妳愛我，為什麼不說出來？」國立並沒有強逼我回答，他的語調很平穩。「那你生病了為什麼不告訴我？」我輕輕推開了國立問著他，「你能不能以後有什麼事可以不用透過別人告訴我？」國立的手擦不完我眼中宣洩的淚水，止不住我顫抖的聲音，「別哭，我就是不要看見妳哭才沒告訴妳的，別這樣……」看著這張天使的臉漸漸消瘦，我的唇不由自主的親吻了國立的唇，那是一種疼惜……我喜歡和他親吻時牽住他的手，從指尖到每一根指環的關節，都能感受著體內血液的流動，窗外的一陣風吹進了房內，穿著輕紗的窗簾隨風舞動，這夾雜淚水的雙唇激起心中愛的波瀾，互傾訴著愛的語言，原來不用做愛也能感受到愛人的情熱，原來愛情也有不說的語言，原來這吻也有著溫柔、諒解和包容的暗示，勝過天底下一切的藥物，「我愛你……」我對國立說著。我解放了那顆剛硬的心，讓愛化作輕聲細語傳入他的腦、導入他的心，是國立用了幾年的時間柔化了我，崩毀脆弱的柏林圍牆，儘管冷落了那碗湯麵，但飢渴與空虛已被愛所餵飽了，其他便不再重要——

這幾天都是陰雨綿綿的天氣，睡了幾個小時後，我跟國立想到外面去吃飯，這是我們確定倆人在一起的第一天，很愉快，是值得放鬆心情用餐的時候了，我不去想國立生病的問題，因為他並不希望我提醒他，而我可以在國立開著車的時候靠在他的右手臂上，這是我一直想做的事，「去哪裡?」「去風華吧！我喜歡去你的咖啡館。」國立臉上的微笑很甜，我能感受到那是一種幸福的滋味，他開車載著我去風華咖啡館吃著簡餐，我想小莉和其他的工讀生都看得出來我們現在是情侶的關係。

「我以前總不能原諒我父親，後來我到了埃及之後，看見他選擇的生活，我也就放下了對他的那份責備……我知道這世界上有太多的包袱，對一個自由慣的人來講，最愛的妻子去世，所留下的孩子也不能給他太大的彌補。」在用餐的時候，國立和我聊到他的生父，「所以我希望你也能原諒你父親……」我愣了一下，才知道國立的用意，「我並沒有怪他……」我說得有點心虛。「是嗎？我希望妳能放下，天下沒有不散的筵席，就算是親人、愛人或是朋友都一樣，妳要記得總有一天大家都會離開，最後就算剩下妳一個人，妳也要好好的活下去……」我知道國立在擔心我，但我又能怎麼做呢……「嗨！兩位！」正當我和國立談到較敏感的話題時，Amy的切入，暫緩了尷尬的氣氛，Amy一直都很支持我跟國立，當然今天的聚餐也算是一種慶祝，跟國立在一起的好消息也該告訴Amy，不過我看著Amy拿起香煙，我就緊張了起來，我想要制止她抽煙的時候，國立握住我在桌上坍塌的手，他手上的溫度安慰著我的情緒，「國立你還會怕Sora跑掉啊？吃個飯也要把她抓得這麼緊……」Amy吐了一口煙說著，國立笑著也點起了煙回了Amy：「所以妳要幫我看著她，別讓她再亂跑了！」「沒問題，這個女人絕對會在我的視線範圍裡活動的！」我勉強對他們的談話給了一些微笑，「我去上個洗手間……」我想去調適一下我的心情，風華咖啡館的洗手間設計得還不錯，隔間比一般餐廳裡的化妝室還寬敞，讓自己在這樣的空間裡學會催眠是不錯的選擇，我想該用戲劇騙術，掩飾內心裡的不平靜，這不是我們戲劇系該有的專業嗎？很適合在這個社會上使用的，可以用不同的情感化妝術來面對各式各樣的人，狡詐、欺騙或是善意的偽裝，可任你去編織、排列組合。

我的頭好痛，從皮包拿出一顆頭痛藥劑配著沒有過濾的自來水，希望它滑過食道流進胃裡能趕緊發揮它的藥效，「Sora……」Amy覺得我待在廁所的時間過久，進來看看我能在這樣的環境裡作出什麼奇特的事，「我看妳最近身體好像不太好，妳真的沒事嗎？」我還能有什麼大不了的事，只不過是傷了陳凱，知道國立快要死了而已，還能有什麼事？「神經什麼啊妳，我好好的又沒病，別緊張了！」我擦著口紅對Amy說著。「補口紅就對了，這樣看起來氣色也好多了！」我想我騙過了Amy。

「國立呢？」走出了化妝間沒看到國立又讓我緊張了起來，「他說出去一下要我們在這裡等……」Amy一直觀察我，「我發現妳很焦慮耶，是不是有躁鬱症啊？」我想轉移話題也許可以讓Amy不那麼注意我，「阿寶呢？」「我跟她散了！」Amy的煙一根接著一根，「你們那天不是還好好的嗎？」我好奇的問了Amy，「為了她好，我還是覺得跟她散了比較好，我要她回台大繼續完成學業，別跟我這種人到處亂晃，會壞了她的人生。」我雖然不明白阿寶為何會休學？但我能肯定的是Amy她自己所謂的『這種女人』，其實是個善良的好女人，也希望阿寶能找到自己的定位，別再猶疑不定的走在邊緣裡。突然間，外面下了好大的雨，汽車的急鳴喇叭聲、車子的碰撞聲，響徹了整個街道，不好的恐懼感侵占了整個咖啡館——

【卷二十八】

# 扭曲線條的溫床——污穢的休憩之地

# 魔女的理想國

格魯耐瓦德（Matthias Grunewald）『基督被釘十字架』的畫作上，
基督的受難讓那垂死的身體變了形，
死亡的國度已降臨，恐怖詭譎的氣氛讓污穢佔滿了四處，
基督之死提醒著世人罪與罰的存在……

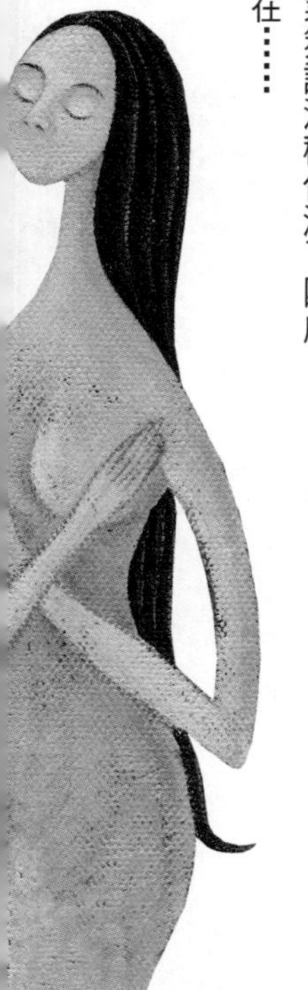

大雨之下救護車和警車的鳴笛聲在咖啡館外叫喊著，不用去想像就知道街道已發生一場致命的車禍，我的整個身體在發抖，害怕外面的事情跟我有關。「Amy……」我頭暈目眩的叫著Amy，「哇，外面現在可能一陣混亂吧。」Amy是一個容易受到影響的人，她並不清楚我在跟她說話。「國立……國立快死了……」我一個人承受這樣的事實太過害怕，那種恐懼的撕裂感別人無法體會，「哈，你的幽默感很難懂耶小姐，怎麼詛咒自己的男人呢！」如果這是Amy所想的一句玩笑話那該多好，看著我沉默活死人的表情，Amy再也笑不出來。「他的胸腔長了腫瘤……醫生說如果腫瘤變大，會阻塞心臟血液外流，國立就會……」我掩面痛哭，哭得比母親死時還要難過。我曾經想過自己活在一個虛擬的世界裡，所有身邊的傷痛、不愉快過程都是一場折損自己壽命的旅遊，在那樣的世界裡我可以不在乎的享受痛苦，讓自己成受虐般的瘋狂主義者。有感情的人類總是沒有辦法選擇避開觸感的事物，無法在柔滑的風中盡情奔舞，甚至架上了帆船的構圖人生，還會遇到張著牙的致命風暴，要說詛咒我可能會破壞精蟲的活動力，炸燬那孕育生命的宮殿，成為杜絕人類繁殖的終結者，在這樣的世界裡沒有成穩、夢想與希望，極盡的墮落、黑暗與閃電會讓你愛上污穢，不用為了怕和魔鬼打交道而受到譴責，何來掙扎、徘徊、猶豫？滿當當的罪惡成了扭曲線條的溫床，那是休憩之地，是我的理想國。

「我真是笨蛋，看到妳就是覺得哪裡不對，還在這裡跟妳嘻嘻哈哈的……」Amy抱著我也哭了起來，「Sora……國立表現得沒什麼事情一樣，是不是我們也要堅強一點，不然他會很難過的。」Amy勸了我，我擦了擦眼淚點頭答應她，還好今天店內的客人不多，並沒有幾個人注意到我和Amy的行為。「我靠！我還以為我很強，沒想到遇到這種事情也受不了，我要先走了，不然國立回來大家可能會哭成一團。」Amy點了煙神色慌張的走了出去，過沒多久國立淋了濕答答的回來，「你去哪裡了，手這麼冰……」握住國立的手，理想國的虛擬世界就這樣消失了。

「妳記得教我們法國戲劇的老師嗎？」「記得。」，我跟國立泡在按摩浴缸裡聊著以前唸書時的生活，這樣的對話讓我們很愉快，他在背後抱著我，雙手不安靜地摸著我，「妳知道嗎？他跟教我們中國戲劇史的老師在一起。」國立笑著說。「騙人！一個這麼浪漫開放的女老師怎麼會跟一個木訥的暴牙在一起，你少唬人了！」我實在不相信國立的話，「妳怎麼可以看不起暴牙呢？暴牙也有戀愛的權利啊。」國立搔了我的癢導正我的觀念，「別鬧了，跟我說你怎麼發現的？」「出國的時候在機場看到的，兩個人已經有小孩了呢。」我聽到國立這麼說，心理倒是有一些羨慕那對中法聯姻的夫妻，如果國立也能夠跟我組成一個家庭，那是很美的，如果可以的話……在我發愣的時候，國立為我戴上一條項鍊，他真像是個魔術師隨時可以變出一些東西來，我想這也是他在咖啡館消失了一個多小時的原因，替我揀了一條項鍊回來，「國立……」「噓……別說話……」國立吻著我的耳，雙手順著我的胸部滑向大腿內側，爵士樂催動國立的巧手，在大腿內側遊走頃刻之後，步步探入緊實的密室，他小心翼翼啟動開關，密室裡開始堆積濕暖的體液……我轉身親著會說話的肌膚，他的眼、他的嘴他的頸暗藏著哲學的迷思，落入凡間的天使因為愛而即將受到懲罰，生命一天天流逝……在他手裡的關節存有天界的密碼，稍不注意就會被我破解，海綿體輕輕浮動擴張，深入密室的比例是恰到好處，天使稍閉的眼、輕吐的氣，表示即將展著羽翅飛向天庭，那頭上的光環已卸下，哼出一曲曲靈界的音符，他確實進入了魔女的理想國。

出了浴室我們坐在沙發椅上喝咖啡、看影帶、吃披薩，我很喜歡跟國立這樣過生活，替他擦掉嘴邊的起司粉，遞上一片濕紙巾，他真的很像需要被照顧的小孩。「跟我照張相吧。」普通人也許聽了這句話會沒什麼感覺，但對我而言，這句話就表示『紀念』的意思，「我不想……」我拒絕了國立，因為我真的不想。「你很自私……給了我心碎、痛苦、愛和生命後就不管了……如果照

張相就能留住永恆，那一瞬間的美又有什麼價值呢？」我把心理的話直說了出來，並不是故意刺激國立，因為我也想跟他一起離開。「妳是第一個會讓我思考的女人……我對生命絕望的那年遇上了妳，自此之後，妳也給了我心碎、痛苦、愛和生命，讓離開已久的靈魂又回到了我這身軀殼裡，我已滿足……」國立的話讓我的心好酸、好酸。「為什麼當初不接受化療……也許……」「我不喜歡給人太多的希望，包括我自己。」國立總有他的理由，如此的不成文。「這不是意志消沉時所做的選擇……我能活這麼久也算是奇蹟了，夠了……」國立的微笑好傷感，我要是不認識國立現在我會做什麼？會在哪裡？「國立，對不起……我不該對你發脾氣……」「我倒喜歡妳這樣，心理想了什麼就說什麼，多痛快不是嗎？」我這幾天掉了好多眼淚，國立說他很高興自己永遠不會變老，他說以後會在天上笑我，看著我慢慢變老，會守候著我當我的守護神，他並不怕面對死亡，因為這就是人類的盡頭，或著說是他早走的命運。

過了幾天古奇錚跟我們一起吃著晚餐，在國立進洗手間的時候古奇錚對我說了一些提醒的話，要我別把國立當病人。「妳要知道偷走我們生命的不是病毒而是時間。」古奇錚說時間就像小偷一樣，侵占了所有的一切，在我們不自覺的情況下，一點一滴偷走了經營辛苦的形體，忙著懷孕、成長、堆積知識、財富和力量，最後又如何，時間會偷走一切的，最後還是化作灰燼，他要我把這樣的情形看做是一種循環而不是絕望。「怎麼？看你的表情是不是古先生又跟你說了什麼生命哲理的東西啊？」國立回到了座位上繼續和古奇錚聊著，看國立在我眼前跟一般人一樣的生活著，這叫看得開嗎？每天都有人在這地球上消失，但都是跟我不相干的人，就算有千百種理由說服我接受這麼年輕的男人就要死了，我還是不能接受，要是國立不在了我找誰說話？不能陪我去電影院看電影，不能跟我去國家戲劇院看舞台劇……我們的興趣都相同，吃的食物都一樣，個性也這麼的合……少了他，誰還能跟我談莎士比亞呢……我想我會崩潰的。

「吸氣……」清晨我在床上抱著國立在他耳邊對他說著這樣的話，他好像飄在缺了氧的太空艙裡，在快要窒息的空間裡尋找一點生存的空氣，我幾次緩和了他的心，他也順暢氣息的緊握著我的手，這是一種習慣的默契，我好希望這樣的痛是我來受，受難的日子是我來擔，這脆弱軀體裡的靈魂並不是病毒將它奪走，更不是時間，而是國立他自己的決定——

【卷二十九】

# 絢爛而滑稽的凌遲

## 郵差的倉皇之死——綁上荊棘的雙腳

畫家維登（Rogier Van der Weyden）
在1435年繪製「基督自十字上取下」的畫作，
在飽受罪惡糾纏的侵蝕後，死亡成了一種隱喻的藝術，
就像絢爛而滑稽的凌遲虐待，被荊棘纏身動彈不得……

沿著濱海公路開著車，放著電影「郵差」的音樂，這樣的組合是刻意去製造的。國立戴著墨鏡坐在我身邊靜聽著海風在說話，他比我還了解自然界的聲音，他真的是『異類』，任何他眼所見的事他都能立即洞悉，他的敏銳度遠超過別人，可透徹無疑的看穿旁人的心，所以我常認為國立不是凡人，我只是找不到研究的數據可以證明。「我不懂這樣的結局有什麼意義？」國立認為那位義大利郵差的命運最後不該是死於執著的，『倉皇之死』是國立給他下的註解。「詩人或是喜歡詩的人會死於感性那是有可能的……」這起碼是我對這部電影的另一個認知，「詩人會落入罪惡的深淵，挑起人性的迷那是最慘忍的事……」國立說著，我認同他。「妳就是一個詩人，這也是為什麼我甘願愛妳的原因。」「換句話說你甘願和我一起享受罪惡？」我將車子停至一旁笑著問國立，「沒錯。」他回答的很有力。「琳，妳總認為我活得不快樂，常在身邊拉著我，可是……我知道妳自己也活在痛苦當中……我要妳以後多為自己想。」「以後……

我不想以後的事，你看前面的海有多深？如果我不拉手煞車打Z檔，任它滑行會怎麼樣？」我問著國立，「那就沒有以後了……」國立很懂我。我抓著他慣用的左手繼續向他說著：「小時候總覺得日子永遠過不完，長大後卻害怕成為時間的俘虜，我們沒有太多的選擇不是嗎？不快樂或是感傷是構成美好記憶的一部份，而我想通的是任何的快樂成因都有不快樂的元素在其中，而認識你就是最好的例子……」「我只怕給你的感傷過多。」國立的結論讓我們沉默了好一會兒，「我準備去美國開刀，為了妳我決定試試……」每天、每天我不斷的給國立洗腦，要他別放棄試著活下去，我相信他生命力的奇蹟會持續下去……我感謝上帝讓國立有了重拾生命的興趣，就算我聽不懂海風跟他說了些什麼，但我知道當一個絕望的男人會去思考的時候，他便開始儲備生命動力的燃料。

沿著海邊，我們開到了國立常來的民宿咖啡館，我身邊的國立睡著了，他的身體很虛弱，加上氣溫低，他幾分鐘就睡著了……小時候後看過『白雪公主』

的童話書，王子輕輕在公主的唇上一吻，便可讓公主復活，故事是Happy Ending，如果……如果國立因為我的吻而…我想不下去了，畢竟那只是童話書，他一定會好起來的，他要去開刀，一定會好起來的。「琳……妳為什麼哭了？」國立醒了，他醒的時候發現我在哭，可是為什麼我會沒有感覺呢？我的眼淚什麼時候掉下來的？國立用面紙幫我擦著臉上的淚，他的手碰到我，感覺好冰、好冰……「你冷嗎？國立，來，把大衣穿上……」我緊張的從後座拿了大衣給國立，「琳……」「快穿上，別感冒了……你這麼容易感冒，要多穿一點……」國立握著我的手，輕輕把我移靠在他的懷裡，「我不冷……別擔心，我不冷。」國立安撫我說著。我寫劇本，安排別人的人生，我可以去做分析、可以預知劇中人的命運，我組織著劇中人所發生的人生過程，可以穿插許多的事件，生命是我所創造的，所以我有權利要殺誰就殺誰……可是……我的生命是上帝所給的，國立的也是，人生劇本是上帝安排的，這樣的安排已經超出我所能理解的範圍，我真的不能理解……諷刺。

「顏先生好久不見啦！」陳老闆一看見我跟國立就親切的打招呼，他還是沒變，身體矮胖沒有減肥的跡象，笑開露齒的模樣很純樸，老愛穿著七分褲和運動鞋，身上的古龍水聞起來像是便宜貨，卻很得意，他說過自己不喜歡賺大錢，只喜歡看到朋友的笑容，而朋友就是來到民宿的客人，久了，大家熟悉了也認識了，可他一定沒想過，萬一……萬一國立不再來了，他就會失去這個朋友，永遠。「喲，怎麼瘦啦！」陳老闆看著國立問，他的聲音很宏亮。「沒有，在國外住了一陣子，飲食不習慣，所以體重有點下滑！」國立拍拍陳老闆的手臂說著，「原來是這樣啊！你多住幾天，我幫你補一補！」「好啊！」國立笑著回應。「房間都幫兩位準備好了，我帶你們上去。」陳老闆幫我跟國立拿著行李，「走吧，老婆。」國立回頭看我，他向我微笑伸出手，語氣肯定，讓我不再猶豫的也伸出了手，緊握著他，他的腳步我跟隨著，我會一直跟隨著。

「Andy，你一定要幫我。」我給製作人打了電話，告訴他我不能再替他寫戲的理由，要他幫忙找其他編劇繼續寫，「Sora……要找其他編劇是沒問題，可是，寫出來的味道一定會不對的，畢竟這齣戲是妳的企劃啊！」Andy說著。Andy算是影劇圈裡不錯的製作人，他懂得尊重編劇，很多事情會為我著想，有點像我的經紀人，是一個可以交往的朋友，所以我很信任他，「沒關係，那不重要，我只是希望有個交代，以後有得是機會，你就放心去找其他編劇吧。」我說，「好吧，妳自己多照顧身體，別想太多了……對了，十五集的劇本費再幫妳匯入戶頭。」「OK。」我掛上了電話，國立剛好從浴室裡出來。

「洗了熱水澡比較不冷吧？」我幫國立穿上毛衣，「琳，我覺得妳越來越不好看耶！」「顏國立，你怎麼這麼說我啊！我哪有越來越不好看啊，你的意思是我現在變醜囉？」我問著國立，「妳生氣的樣子還是比較好看！」國立逗著我，兩個人又笑鬧著。「對了，要笑！美麗的Sora笑了才像美女喔！」「好啦，我會笑，坐到床上來，我幫你吹頭髮！」我拉著國立的手帶他到床上坐著，替他將濕髮吹乾，「哇……你掉了幾根頭髮囉，這麼漂亮的頭髮，掉了好可惜喔……」「我頭髮多，有本錢掉！如果作化療早就變光頭啦！」不曉得是國立太幽默還是我太古板，每次聽到他這樣自嘲我心裡總是一陣揪痛，我想國立已經感覺到我的不舒服，「待會兒我們去請陳老闆煮咖啡給我們喝。」國立提議著，「我只喝你煮的咖啡。」我從國立的背後抱著他說著，「以後我的咖啡就只煮給妳喝……」「你說的，說話算話……」我哽咽著，「說話算話。」國立抱著我給我肯定的眼神，希望他說話算話。

超級市場冷冷清清，是憂鬱爬上了四周圍的牆，像藤蔓、像無性生殖的異種快速侵入各個角落，兵刀之後病毒瘟疫竄入人間，開啟封印的聖經預言完整呈現，地球成了新物種的繁殖地，黑暗包圍整座死城，哀聲四起——「Sora……」喚我的聲音使我愧疚，「陳凱……」犯了錯的我回應眼前的這個男人，

「這麼巧……」陳凱自若的說著，「是啊，這麼巧……」我的微笑有些僵硬，雖然是尷尬怪異的氣氛，但他還願意推著推車陪我，「怎麼一個人？國立呢？」「喔……他身體不舒服，在家。」真的沒想過會跟陳凱一起到超市購物，好像是和我丈夫一起選購食物般的奇特。我買了兩天後朋友們會去家裡用餐的食物，國立和我決定親自下廚，那天是大家要給國立送行的日子。

跟陳凱在一起不會想喝咖啡，一杯不純的果汁和我的心情很相稱，「妳會開車了？」「喔……是國立要我學的，他說自己開車到哪裡會方便點。」我吸了幾口泡在水裡的黃色顏料，也許能降降我體內的溫度，「項鍊也是國立送的吧？很漂亮，很適合妳。」「謝謝。」真的好奇怪，眼前的這個男人曾經跟我如此的親密，為什麼我會不知道如何跟他對話呢？「我……很想妳……」陳凱想要握住我的手時，我卻即時的收回，「陳凱……」我看著他，「對不起……是我把妳嚇跑的，所以我沒有權利對妳做什麼。」陳凱向我道歉。為何我身邊的人都這麼的多愁善感？陳凱該是要責怪我的才是，他卻認為是他的佔有慾把我給嚇跑的。「我希望妳原諒我，當初拿妳當藉口找王瑩離婚給了妳壓力，其實那是我為了絆住妳故意這麼做的。」聽了陳凱這麼說我並不會生氣，起碼他誠實的認錯了，「我很慶幸能認識你，也很高興你會為了我這麼做，所以我不會怪你，我反而覺得是我傷害了你。」陳凱聽我這麼說兩人都笑了出來了，我們還是可以做朋友的。不曉得為什麼我跟陳凱總有那種巧遇的緣分？我記得唸戲劇的時候教希臘悲劇的老師有講過『偶然率』，很多戲劇的手法會用到，但那並不拙劣，因為這是存在人際往來的機率，是會發生的，有些人明明跟你住的只隔幾條街而已你卻很難見上他一面，而有些人南北差距之遠確常偶然相遇，真是奇怪。

回到了國立的家發現大門是開的，我警覺這樣的畫面不尋常，是我在外面停留太久，真的忘了把國立當病人看待的去安心購物，這是不對的……隨手將

東西一放，邊上樓就邊喊著國立的名字，他沒有回應我，進了房看到一朵朵的白玫瑰朝著陽台的方向領著我前進，白玫瑰一朵接著一朵的倒睡在黃色方塊磁磚上，打著赤腳繞過陽台還有二十幾階的樓梯可到達屋頂，令人驚訝的是數不完的白玫瑰在屋頂上盡情開放，我看到國立穿著Boss西裝等著我，古奇錚和他的相機已經守候一旁，「為什麼？我說過我不照紀念照……」「當我去美國時，我希望這張照片能陪著我……它帶給我希望……」國立就像是童話世界的王子一樣，直順的黑髮搭著稍亂的剪裁，大眼睛露出童稚的神韻，憐愛著他的是我的心，讓人越看越喜歡，他的勇氣讓我無力拒絕——

屍體，埃及人的保存方法很尊貴，沒有腐爛的臭味而且完整，如果國立是埃及貴族，他將是最美的一具木乃伊。拍了照讓我失了眠，可國立現在很容易入睡，胸腔的腫瘤讓他疲倦，尤其在夜晚他一定是睡得很深很熟的，皺軟的球體不再雀躍，小心翼翼的捱在掏空的柱子旁，它的使命就是經過壕溝餵食飢餓的廢墟，重新建立富麗的宮殿，讓死守宮殿的的女王得到亢奮的營養劑。我像是攫走他生命的匕首，輕靠他的臉頰偷聞他的氣，謀殺他的靈魂、褻瀆他的身體，真是眩爛而滑稽的凌遲，讓他的羽翅佈滿整床整屋子，我將高唱哈利路亞，挑釁上帝的死亡臨界點！不知道精神病院是不是願意收留我這樣聰明悲傷的女孩，我的身體燃燒的可怕，快把我關進地窖裡讓八腳怪吞噬我，用生了鏽的鐵棒打得我頭破血流，摘去我的舌頭讓我痛得無法叫喊，挖掉我的雙眼讓我痛得無法哀嚎，還有那指頭切下可餵食藏在黑暗裡的蝙蝠，也算是一種荒謬的貢獻——「琳……」國立用力的把我搖醒，我聽到自己強烈的喘息聲，「做惡夢了……」國立抱著我、親著我，「我夢到你成了木乃伊……」我又哭了，我的腦子一直停留醫生說的話，國立如果再昏迷，他有可能不會醒來了，「我不會死的，不要讓自己這樣，我會難過的……」漫長的夜，焦慮的汗水，我要怎麼擁抱才能不讓國立消失，他不想我跟在他身邊等待手術房裡的契機，他說那是殘酷的——

Andy要我好好陪著國立，就算放下身邊所有的一切也是值得。他建議我可以用寫作療傷，他也願意幫我找個心理醫師，因為他擔憂我偏激的墮落，會先比國立更快消耗生命。浮躁、頑固、沉淪，烏漆漆沒有指標的叢林，綁上荊棘的雙腳踏上泥濘躲避獵人的追殺，那是我的難堪——

【卷三十】

斷頭武士伐疋——酒神的性愛自主

# 飛向天國的展翅天使

格魯耐瓦德（Matthias Grunewald）在「基督復活」的畫作上，
讓反射的色彩光線摧毀反對的勢力，
周圍士兵歪倒在幽暗的溼地裡，
新生命的誕生代表著光明、正義與被拯救——

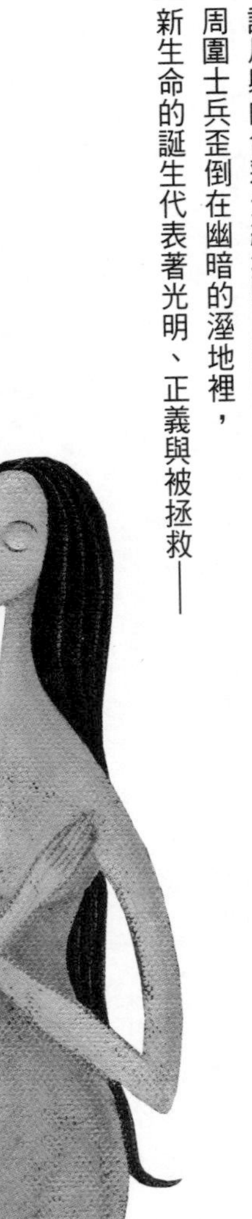

我交代于真、Amy這不是一場喪禮，而是一場朋友的聚會，祝福國立手術順利的晚餐，「雞肉太硬了！」Amy唸著我跟國立，「這對夫妻不適合待在廚房。」于真也取笑我跟國立，「他們的專業在於叫外賣。」古奇錚也加入損我們的話題。「我老婆可是煮得很辛苦，算是有誠意了。」國立親了我一下說著。「我只負責甜點耶……」我逗著國立，「妳出賣我！」聽國立這麼一說，大家都笑了出來。「國立，希望你手術順利，健健康康的回來！」Amy舉著酒杯敬著國立，「如果不成，我墓碑上的名字可要刻得美一點。」國立輕鬆說完也回敬Amy，一種麻痺感僵住了我的身體，我的胃有上千隻的蜈蚣在鑽，國立的話把我帶向墳場，一種噁心的滋味衝出食道，還好來得及跑廁所，不然煮得用心的一道道不成熟的美食都糟蹋了。「琳，你哪裡不舒服？」國立緊張的進了廁所拍著我的背，「你趕快回到飯桌去，我可能對過硬的雞肉敏感……」我安慰著國立。「其實，也不用刻意避開我的病，那不是很重要的一件事情……」

國立扶著我說，「對你來說不重要，可是顏國立三個字對我來說很重要！」我的語氣是不悅、痛苦的。

「于真，我找不到優美陰鬱的詞……」我告訴于真我生命的文字開始沒有目標的在浮動，「上天對妳跟國立太不公平了……」于真陪我洗著碗，告訴我這個世界是不平衡的，其實我也知道有一個專門破壞美好的斷頭武士，他常常騎著一匹長了肉球缺了一隻眼的黑馬，在生物界裡尋找刺激，他的背部長了血淋淋的大嘴巴，專門吃盡世間上的美好，他是『忌妒之神』，是愛與恨的化身，他故意製造拉扯、矛盾和爭吵，他喜歡看人類失落消極的表情，會使他興奮的高潮，嘎嘎做響的馬蹄聲炫耀著他們過關斬將的勝利，『伐疋』是他的名，而我一隻腳已經踏入瘋人院了。

他們和國立擁抱說再見，國立告訴他們他的爸媽已經在美國預約了心臟權威威爾博士為他動刀，要大家放心的為他禱告。「國立，不要逞強，有什麼事情一定要跟Sora說。」國立微笑點頭回應于真。「帥哥，要加油喔！我們還要喝喜酒耶！」「我會的，謝謝妳Amy，我不在妳一定要多陪陪琳。」國立對Amy說的話好像在交代遺囑，「遵命。」Amy又再次擁抱了國立才出門口，古奇錚則負責開車送他們回去。國立見他們一走，立即關上了門就把我抱上了樓——

我好喜歡和他接吻，他的唾液是甜的，加了蜂蜜和花香，那是Aeschylus的悲和上Euripides的愴，希臘悲劇家的災難在國立的身軀裡誕生了，那是一種昇華，詩人和愛詩人的殘暴結合，我們兩人流有叛逆的血液，我們會死在黑格爾所謂的心靈掙扎裡，這是卑鄙而瑣碎的交替，撕裂傷痕的罪孽，好壯烈的成全！該敬畏剝落的外衣，讓希臘唱詩隊盡情批判，戴上面具的眼倒能看清這世界的醜陋，讓我緊靠著這個男人，男人輕輕唱出他對我的愛，伐疋在一旁看著我們，我能嗅到迫不及待的血腥味，我驕傲的眼神看著伐疋，我要他忌妒的極至，我邪惡的靈產生了，手中握著勻稱的球體，挑戰它在宇宙間的秘密，我們已然陷入古羅馬人的競技裡，看誰最後能凌駕尼采的悲劇之說。我體內致命的病毒混淆我的腦，誘惑著我，挺拔者受到酒神之邀毫不客氣地迷戀參予，搖擺不羈，我男人確實體驗了康德的藝術自主。是火、是浪潮、是信仰，我們高舉勝利擊退不甘願的伐足，真是淋漓盡致的宣洩——

「你為什麼不敢向我求婚？」高潮之後的空虛感讓我落寞的問著國立，我們躺在床上，國立閉著眼睛不說話，「你在騙我對不對？」他閉著的眼落淚了，「我好捨不得妳……」不透氣的擁抱並不能給我們任何安全感，他的淚水是鹹的，我怎麼親都親不完，「我捨不得丟下妳一個人……」國立啜泣著，原來他也會痛哭，他的意志就算再堅強也抵不了那顆脆弱的心，國立疼惜的摸著我的頭，我們淚眼交錯，燃燒著恐懼的意識，他的巧手還是習慣摸著我的胸、摸著我的腹部，傳遞出愛的密碼，「我會不會愛你愛得太晚？」我的語氣好無奈，「妳第一眼看上我時早就愛上我了，怎麼會太晚？」我的手緊抓住國立的頸，

「我愛你……」幽幽的對國立說出珍貴的三個字，「這一吻，能看清妳生命中的每一個人。」天使的唇吻了我，「Love you……」天使的聲音安撫了我——

隔天我醒來時，國立已經帶著簡單的行李和護照離開了，他沒跟我說什麼時候走，幾點的班機我也不知道？他怕送行，所以始終不跟我說去美國的日子，空蕩蕩的房子只剩下我一個人，床邊的白玫瑰是國立走得時候留下的，他要我醒來時知道他是愛我的，我躺在這張大床上握著簡單的顏色，好像有人旋轉著我的床，好昏、好昏……床邊的抽屜裡有一個秘密，我想等國立回來的時候當作生日禮物送給他。

日子一天天過去，二十幾天後的下午，古奇錚出現在國立的門口，他像是傳信員，國立跟我說過會打電話給古奇錚，我也不想去追究為什麼要透過旁人？看見了古奇錚我的心跳得好快，失敗或成功只要從他嘴裡說出就算數，古奇錚遞了一個信封袋給我，我不敢打開，讓一旁的Amy替我代勞，「國立把他的財產都過戶到妳的名下……」我不敢相信的看著Amy，信封裡還有我跟他的合照，這是什麼意思？不清不楚的……國立到底在哪裡？「明天是國立的生日，我有禮物要送他……」我看著古奇錚的眼，期待得到一種悲憐的同情，「擺在抽屜裡的那張相片國立看過了……」古奇錚說著，他和Amy扶我到沙發上坐下，「那張超音波相片國立看過了，他知道妳懷孕。」「是嗎？他提早收了我的禮物……」我抱著Amy哭得慘痛，古奇錚難過的告訴我：「對不起……其實國立沒出國，一直在我那裡待到最後，他不想妳看見他走的樣子……他告訴我，要妳記得活著時候的他……」國立，我知道他的個性，我真的太過了解他了，他離開的那個早晨我就有預感那是『永遠』，而離開的前一夜，我們的纏綿就是一種上帝賜與的恩惠——

我看見天使的羽翅展開，金色的光環、迷人的笑容、童稚的眼睛還有剪裁紊亂的黑髮，搭著完美的身形被上帝給召回天國，生命的終了亦見生命的誕生

——我隱約還聽見他在我的耳邊說著：「我想妳是愛我的。」

格魯耐瓦德（Matthias Grunewald）在『基督復活』的畫作上，讓反射的色彩光線摧毀反對的勢力，周圍士兵歪倒在幽暗的溼地裡，新生命的誕生代表著光明、正義與被拯救——

葉子出版股份有限公司

# 讀・者・回・函

感謝您購買本公司出版的書籍。
爲了更接近讀者的想法，出版您想閱讀的書籍，在此需要勞駕您詳細爲我們填寫回函，您的一份心力，將使我們更加努力！！

1.姓名：＿＿＿＿＿＿
2.性別：□男 □女
3.生日／年齡：西元＿＿＿年＿＿＿月＿＿＿日＿＿歲
4.教育程度：□高中職以下 □專科及大學 □碩士 □博士以上
5.職業別：□學生□服務業□軍警□公教□資訊□傳播□金融□貿易
□製造生產□家管□其他＿＿＿＿＿
6.購書方式／地點名稱：□書店＿＿＿□量販店＿＿＿□網路＿＿＿□郵購＿＿＿
□書展＿＿＿□其他＿＿＿
7.如何得知此出版訊息：□媒體＿＿＿□書訊＿＿＿□書店＿＿＿□其他＿＿＿
8.購買原因：□喜歡作者□對書籍內容感興趣□生活或工作需要□其他
9.書籍編排：□專業水準□賞心悅目□設計普通□有待加強
10.書籍封面：□非常出色□平凡普通□毫不起眼
11. E－mail：＿＿＿＿＿＿＿＿＿＿＿＿＿＿＿＿
12喜歡哪一類型的書籍：＿＿＿＿＿＿＿＿＿＿＿＿＿＿
13.月收入：□兩萬到三萬□三到四萬□四到五萬□五萬以上□十萬以上
14.您認為本書定價：□過高□適當□便宜
15.希望本公司出版哪方面的書籍：＿＿＿＿＿＿＿＿＿＿
16.本公司企劃的書籍分類裡，有哪些書系是您感到興趣的？
□忘憂草（身心靈）□愛麗絲（流行時尚）□紫薇（愛情）□三色堇（財經）
□ 銀杏（健康）□風信子（旅遊文學）□向日葵（青少年）
17.您的寶貴意見：

＿＿＿＿＿＿＿＿＿＿＿＿＿＿＿＿＿＿＿＿＿＿＿＿＿

☆填寫完畢後，可直接寄回（免貼郵票）。
我們將不定期寄發新書資訊，並優先通知您
其他優惠活動，再次感謝您！！

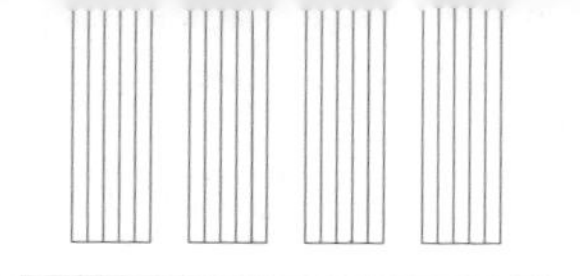

廣告回信
臺灣北區郵政管理局登記證
北台字第8719號
免貼郵票

106-□□
台北市新生南路3段88號5樓之6

# 揚智文化事業股份有限公司　收

□□□-□□
地址：　　市縣　　鄉鎮市區　　路街　段　巷　弄　號　樓
姓名：

 L3103　 獵愛──慾望理想國

根

以讀者爲其根本

莖

用生活來做支撐

葉

引發思考或功用

獲取效益或趣味